JN115806

大活字本シリーズ

おふくろ八十六、おれ還暦

ねじめ正一

埼玉福祉会

おふくろ八十六、おれ還暦

装幀　巖谷純介

目次

おふくろ八十六、おれ還暦

はじめてのタカラヅカ

うちのオクサンが知り合いから宝塚歌劇のチケットを二枚手に入れた。知り合いの母親の友達の娘さんが三年目のタカラジェンヌで、「ご夫婦でぜひ見てやってください」と譲り受けたのだ。

「アナタまだタカラヅカ観たことないでしょ。タカラヅカのチケットって、まず手に入らないのよ。こんな機会を逃したら一生観られないわよ」

甲子園生まれのオクサンは、大学入学で東京に出てくるまでは、当たり前のように宝塚歌劇を観ていた。本家宝塚には本公演をやる大劇場のほかに若手による公演をやる小劇場もあり、同じ商店街には歌劇団にコネを持つおばちゃんもおり、さらにはテレビでもしょっちゅうタカラヅカが舞台中継されていて、「いつでも観られる郷土芸能みたいなもんだと思ってた」と言うのだ。

しかし、今や事情は変わった。オクサンの両親は甲子園の店を畳んで一人娘のオクサンのそばに引っ越してきた。かくして「いつでもタカラヅカ」の実家環境は失われ、失ったものほど貴重になるという例の法則が発動されて、オクサンの「タカラヅカ観たい」願望はどんどん高まっていったのであった。

そんなおりのチケットである。オクサンとしてはありがたく嬉しく、何が何でも私を連れて行こうとぐいぐい押してくる。こうなると逆らうのは無駄な抵抗というものである。いやいや抵抗どころか、昨今の私はタカラヅカ観劇はちっともイヤではないのである。

長いこと、私にとってタカラヅカは遠い世界であった。テレビでちらっと見た、ズボンのポケットに手を入れて大股に歩く男役の姿は妙に痛々しかったし、舌を噛みそうなタカラジェンヌの名前も感傷的で恥ずかしかった。世の中には男性の宝塚歌劇のファンもけっこういるようだが、私には一生縁がないと確信していた。

だが、私も今年で還暦である。還暦を迎えたら、何事も無理をすることが大切である。あとは余生などと気を抜くとどんどん易《やす》きに流れるのが我々の年頃なのである。

というわけで、二つ返事で「行きます行きます」と手を挙げ、オクサンとともに出かけました日比谷の東京宝塚劇場。開演三十分前に到着してロビーであたりを見回すと、老若男女じつにさまざまな客がきている。杖をついた老婦人がいる。白髪の紳士もいる。女性陣は十代から二十代、三十代、四十、五十、六十代と全世代が揃っている。おっと！　仕事帰りのサラリーマンがいそいそと入ってくる。

左手にある売店では、私と同じ歳ぐらいの男性が宝塚グッズを漁《あさ》っている。圧倒的に女性が多いが、数少ない男性客がいじけたりビビッたりしている様子はまったくない。女性客の方もそんな男性客を気にする風もなく、というより男性客など眼中にない感じでウキウキした笑いを浮かべている。舞台が始まる前からタカラヅカの魔法にかかっているのだ。

演《だ》し物《もの》は二本。前半はショー『ソロモンの指輪』、後半はミュージカル『マリポーサの花』。『ソロモンの指輪』は踊り中心の華やかな舞台だ。複雑な踊りではなく、シンプルな分だけリズムにこちらも乗れる。トップ男役の水夏希《みずなつき》の歌と踊りのバランスもよかったが、舞台に溢れんばかりのタカラジェンヌの中に、腕のすらりと長い子が――いやいや宝塚では生徒というのだった――いて、この生徒の踊りに圧倒された。くるっと素早く回るときに両腕を上げるのだが、その腕のしなり具合がたまらなく美しい。

舞台とは不思議なものだ。ある俳優が気になると、目がその俳優にくっついて離れない。舞台のたくさんの踊り手と交差しながら、右に左に動いて行くその生徒を、私の目はきちっと追っている。彼女一人にスポットライトが当たっている気がしてくる。

あっという間の三十分であった。休憩時間に入ったので、私はあの腕のしなりのすばらしい男役の名前をパンフレットをめくって調べた。あった、あった！　彩吹真央《あやぶきまお》だ！　手足が長いというのは動きに流れが作れる。踊りが一瞬も止まることなく、きれいに流れていく。

後半の『マリポーサの花』は水夏希と彩吹真央が男の友情を熱く演じた。見終わって感じたのは宝塚のサービス精神の旺盛さである。三時間をこれでもかこれでもかとサービスしてくれる。チケット代以上のサービスは間違いなくしてくれて、得した気分にさせてくれる。しかも私が彩吹真央の腕に目がくっついて離れなかったように、大勢の中に必ず自分の好きなタイプの生徒が見つかる。こんな楽しいものを「郷土芸能」などと、うちのオクサンもまったく失礼な人間だ。

というわけで、彩吹真央が一月早々、赤坂ACTシアターで『カラマーゾフの兄弟』に出演するという情報に、さっそくチケットの予約をしたねじめであった。

団塊の星

還暦ジュリー、沢田研二がドームコンサートを開くと知ったのは去年の六月末である。スポーツ紙でその記事を見たとき、私はジュリーがついに本気になった、と思った。

ジュリーは団塊世代のトップランナーとして走り続けてきた。派手な化粧をしたり、背中にとんでもないものを背負ったりしてひとつの時代を築き上げた。だがあるときからマスコミに姿を見せなくなった。おそらく、もう時代に媚《こ》びたくない思いが強くなったのだろう。

そのジュリーが、無謀とも思えるドームコンサートで新しく生まれ変わることを望んでいる。付き合わなければ同じ団塊世代の男がすたる。

いよいよ「人間60年　ジュリー祭り」の当日を迎えた。開演三十分前に東京ドームに着くと、人、人、人、で凄いことになっている。巨人戦ナイターよりごった返した感じがするのは、団塊世代の元気な女性が圧倒的に多いせいだろうか。みなケータイをドーム入口の「ジュリー祭り」大看板に向けてパチパチやっている。グループで記念写真の撮りっこをしている女性たちもいる。いつどこでジュリーを知ったのか、二十代、三十代の女性もチラホラいる。男性陣は私と同じ団塊世代と、こども時代にジュリーを見てフリを真似していた三十代、四十代の二派に分かれているようだ。

席に座って眺めると、会場はほぼぎっしりである。左右五十メートル、中央に二十五メートルほどのエプロンステージが伸びている簡素な舞台装置だ。時計を見る。開演五分前である。ふいに恐ろしくなる。オクサンには大きなことを言ったが、私は太りすぎのジュリーに耐えられるだろうか。NHKの音楽番組『SONGS』のジュリー特集を見たうちのオクサンのように、ジュリーが舞台に出てきたとたん、立って帰りたくなるのではないか。

――と、客席の明かりが消えた。演奏が始まり、しばらくして真っ白なインディアンスタイルのジュリーが真ん中から颯爽と登場。会場にどよめきが走る。舞台左右の大型ビジョンにアップで映るジュリーの顔は、涙ぐんでいるように見える。そのまま歌い始めるジュリー、最初からノリノリの曲だ。「そのキスが欲しい〜！」涙なんぞどこへやら、ジュリーがシャウトする。いいぞジュリー！　会場が盛り上がる。アリーナは総立ちでもう踊っている。

ジュリーはテレビで見たよりずっと痩せていた。中肉中背に毛が生えた程度であった。そのせいか動きがいい。腰を落とし、手を伸ばすポーズもサマになっている。歌が終わるとジュリーは「ありがとう、サンキュー、ありがとうね」とニッコリしてすぐ次の歌を歌い始める。二曲目が終わってやっと短い挨拶、それからすぐにまた歌だ。歌いたくて歌いたくてしょうがないジュリーがそこにいた。まわりの団塊女性たちの顔つきを見ると本当にうれしそうだ。この日を長いこと待っていた顔つきでもある。

「ありがとう、サンキュー、ありがとうね」。一曲、また一曲と歌は進んで行く。インディアン・ジュリーは頭につけた羽根をふわふわさせながら舞台を左右に走る。「ありがとう、サンキュー、ありがとうね」。おお、「銀河のロマンス」だ。「モナリザの微笑」だ。「シーサイド・バウンド」だ！　ザ・タイガース時代の歌が次々と出てきて、会場はさらに盛り上がる。気がつくと私も「♪ゴーバン！」と口ずさんでいる。

不思議なことに、ジュリーが歌うタイガース時代の歌が懐《なつ》メロに聞こえない。ジュリーは昔の歌い方をなぞっていない。還暦ジュリーが歌うのは、昔よりずっと上手い、昔よりずっと深い、還暦シーサイド・バウンドなのだ。六十歳になっても海辺でバウンドしちゃうぞという、還暦やんちゃジュリーなのだ。「ありがとう、サンキュー、ありがとうね」。はじけたあとはバラードが始まる。「花・太陽・雨」「君をのせて」、このあたりで声がちょっと嗄《か》れてきた。これで最後まで持つのか。そんな私の心配を吹っ飛ばすようにジュリーがボトルの水で喉を湿らす。歌い始めると声は戻っている。

途中で羽根飾りをとったジュリーは身軽である。威勢のいい「晴れのちBLUEBOY」でジャンプする。膝を揃えてぴょんぴょん跳ぶ。すげえジュリー、すげえよ!!

歌と「ありがとう、サンキュー、ありがとうね」の繰り返しだがちっとも飽きない。ガンガンロックとスローなバラード、知ってる曲と知らない曲の組み合わせが上手いのだ。そして曲の終わりの「ありがとう、サンキュー、ありがとうね」に愛嬌がある。みんなは僕を楽しんでくれてるよね、僕も楽しいよ、とジュリーにニッコリされた気分になる。ゲストもMCも一切なし。スポンサーもなしメジャー資本もなし。ジュリー祭りはジュリーとお客のためだけのものだ。あっという間に時間がすぎていく。ジュリーはぐんぐん乗ってくる。おっと、こちらの筆も乗りすぎて紙幅が足りなくなってきた。次もジュリーを書くぞ！

ジュリーの居場所

引き続き、還暦ジュリー東京ドームコンサートの話題である。二十六曲目の「いくつかの場面」、ジュリーは自分の過去の出来事を重ね合わせて泣きながら歌う。会場は静まり返ってジュリーとともに涙する。だが、「もうぐちゃぐちゃぐちゃ！」と照れたジュリーのそのあとの弾《はじ》けっぷりは凄かった。左右五十メートルの舞台を走って走って走り回り、息を切らさずに歌う。倒れるスレスレまで自分を持っていき、そのスレスレで歌い続けるスレスレジュリーだ。そのままダーッと行く。

突き抜ける。ジュリーの頭の中が真っ白になっているのがわかる。「ありがとう、サンキュー、ありがとうね」。この言葉を言うときだけ息をして、あとは息をしていないように見える。ここまでくると、この歌を知ってるとか知らないとかはどうでもよくなる。というか、全部知ってるという気持ちになる。私はジュリーを知っている、だからジュリーの歌う歌も知っているのである。

「ラヴ・ラヴ・ラヴ」をジュリーが歌いはじめると、とつぜん外野スタンドの両翼にスポットライトが当たった。おおっ、いつのまにか千人のコーラス隊がジュリーに合わせて歌っている。ジュリーのこのコンサートに賭ける思いがびしびし伝わってくる。

第一部が終わった。私はこの感動を抑え切れなくて、俳句友達の女優、吉行和子さんに電話することにした。吉行さんはジュリーの大ファンで、ジュリーを膝枕できるというのでテレビドラマを引き受けたこともある。六時間半も体力が持ちそうもないのでドームコンサートにはこなかったが、きっと様子を聞きたいに違いない。

「吉行さん、ジュリー最高にいいですよ」

「人は集まってるの」

「三万二千入ってます。ぎっしりです」

「よかったわ。入らなかったらどうしようと思っていたの。東京ドームに行けなかった理由にはそれもあったのよ」

さすが女優だ。客の入りを心底心配していたのだ。吉行さんもうれしい声に変わっている。二十分ほどの休憩で第二部に突入。ジュリーは今度は赤いインディアンスタイルで登場。この登場のしかたに驚いた。オーラを消してすうっと登場したのだ。我々がジュリーの存在に撃たれる前に歌が始まっている。「不良時代」という、デビュー前の若かった日々を歌った歌である。何をするでもなく群れていた若い日……オーラを消したジュリーと痩せっぽちの京都のチンピラが重なる。心がぐいと摑《つか》まれる。オーラを消しつつ観客の心を摑む、ジュリーはそういうことまでできるのか！　改めて還暦ジュリーの凄さを感じる。

曲の最初のフレーズが終わる頃には、ジュリーのオーラは戻っていた。次は「Long Good-by」、最新アルバムに入っている、ザ・タイガース解散時のピー、瞳みのるを歌った歌である。二つの歌が過去と現在からジュリーの人生と今の思いを照らし出す。

最新アルバムの曲と誰でも知っているヒットナンバーを組み合わせて、第二部はテンポよく進む。一曲終わるごとの「ありがとう、サンキュー、ありがとうね」を聞くたびに、あと何曲だろうと数える気持ちが混じる。まだまだある、でもいつかは終わる。口の中のドロップがだんだん小さくなる気分である。

五十一曲目の「我が窮状」は憲法第九条と重ね合わせた歌だ。このときも千人コーラス隊の合唱が東京ドームに響きわたる。「我が窮状」はメッセージばかりが取り沙汰されているが、私はジュリーの成熟を感じた。歌にできることは小さく限られている、でも諦めてはいけないとジュリーは静かに歌う。六十九曲目「ROOK'N ROLL MARCH」も今のジュリーのロックに対する思いがストレートに出ている。

ジュリーは八十曲をすべて歌い切った。たしかにジュリーはこの十年、我々団塊世代の目に飛び込んでくることはほとんどなかった。ジュリーはたぶん長い窮状のまっただ中にいたが、我々もまた各々の「我が窮状」にかまけてジュリーを見つける努力をしなかった。だが、この「ジュリー祭り」で八十曲歌い切ることによって、ジュリーは我々のもとに帰ってきた。我々に業《ごう》を煮やして、ジュリーのほうから我々を見つけにきてくれたのだ。

相手が動かないなら自分が動く。本気で動く。無謀と言われても動く。アホになって動く。その本気さ無謀さアホさが、我々にジュリーの居場所を教えてくれた。その居場所とは、ジュリーだけが到達した世界初の還暦やんちゃロックである。六時間半かけてジュリーが示してくれた居場所には、我々の座る席もちゃんと用意されている。ありがとう、サンキュー、ありがとうね、ジュリー！

だがその一方で、私はガランとした客もまばらな東京ドームで〝人歌うジュリーを見たかった気もする。凄惨さ、虚《むな》しさ、残酷さもまたジュリーだけが持つキラキラした欠片《かけら》のひとつだと思うからである。

鰻の肝

二、三日前のことである。昼飯を済ませ、仕事場へ戻ろうと阿佐谷中杉通りを青梅街道の方角に向かって歩いていたら、向こうから自転車に乗った奥さんが猛スピードで近づいてきた。

自転車には子ども用の補助椅子がついている。奥さんは競輪選手みたいに体を前に倒して、噛みつきそうな顔で自転車を漕いでいる。あんなに急ぐのは保育園のお迎え時間だろうか、それにしても危ないなあと思いながら大慌てで脇へよけると、奥さんはスピードもゆるめず

に私の横をすれ違いざま、

「ああ、鰻の肝が食いてぇ！」

と叫ぶではないか。

私はビックリして立ち止まった。今のは空耳《そらみみ》だろうか？　自分の耳がおかしかったのだろうか？　いや、そんなことはない。私は振り返った。尻を浮かせ気味にしてぐんぐん遠ざかっていく自転車のあの奥さんは、間違いなくたしかにはっきりと「ああ、鰻の肝が食いてぇ！」と叫んだのだ。

自転車はすぐに見えなくなった。しかし私はその場から動くことができなかった。「肝食いてぇ！」という、ふつうの主婦の叫びの一言に、それこそ私の肝が冷やされ、震えている。

それにしても、なぜ私は彼女の言葉にこれほど衝撃を受けたのだろうか。ふつうの主婦が、天下の往来で欲望丸出しの言葉を叫んだことに衝撃を受けたのである。

鰻の肝は鰻のホルモンである。「肝食いてぇ！」は「ホルモン食いてぇ！」であって、肉体労働を終えたおっちゃんが、あるいは競輪場で小さく儲けた大将が、コップ酒でも飲みながら串を歯でしごき、精力モリモリ元気バリバリ男の勢いをつけようかというときの食べ物である。鰻の肝が似合うのは大井競馬場行きのバス停前の立ち飲み屋とか、松戸競輪場へ行く道筋の一杯飲み屋であって、阿佐谷中杉通りのケヤキ並木だとか、子ども用補助椅子を取りつけたママチャリだとか、ママチャリで保育園に急ぐ主婦とかには金輪際《こんりんざい》似合わない食べ物なのである。

　こうなると、私の頭の中に鰻の肝がべたっと貼りついて、剥《は》がそうと思っても剥がすことができない。煙がもうもうと立ちこめたガード下の光景があらわれてくる。自転車の主婦の、色白で、化粧気がなくて、のっぺりした特徴のない顔が、もうもうとした煙の中にポッと浮かんでいる。自転車の主婦は周囲にひしめく男たちなどお構いなく、左手に水滴のびっしりついたホッピーのコップを持ち、右手で鰻の肝串を持ってパクついていている。想像しただけで背中がひんやりしてくる光景である。

　しかしまあ、食べ物の好みは人それぞれだ。鰻の肝が大好物だからといって、他人がとやかく言うことではない。問題は、天下の往来で

「食いてぇ！」と欲望丸出しに独り言を叫んだことである。一線を越えたという感じがする。しかも叫んだのがふつうの主婦だったので、よけい衝撃が大きかったのである。

私は、これは携帯電話の普及と関係があるのではないかと睨《にら》んでいる。

携帯電話が普及する以前は、往来をぶつぶつ独り言を言いながら歩いている人は、ちょっとアブナイ人であった。往来で独り叫ぶ人となると、これはもう避けて通るしかないのであった。連れもいないのに歩きながら独り喋《しゃべ》るというのは、それくらいヘンなことだったのである。

だが今はみんなが喋りながら歩いている。四角い小さなものを耳に当て、歩きながら笑ったり頷《うなず》いたり、ときには突然しゃがみ込んで泣き出したりしている。深夜窓の外で大声で話しているのが聞こえて飛び起きると、片手を耳に当てた人が遠ざかっていくところだったりする。携帯電話を知らない時代の人たちがタイムマシーンで今の日本に現れたら、きっとショックで頭の中がわけわからなくなるだろう。携帯電話のおかげで、私たちは歩きながら喋ることが平気になってしまった。プライバシー保護とうるさく言う時代に、心の奥にある欲望や感情を往来で吐き出すことに何の不思議も感じなくなった。

これはすごいことである。というのは、携帯電話によって、人間の羞恥心のありようが裏返しになったからである。私が誰かということさえ、言い換えれば固有名詞さえ伏せられていれば、欲望や感情は人前でオープンにしていいのだ。職業や身なりや顔といった記号があまり重要でなくなったということでもある。ふつうの主婦が通りすがりに「鰻の肝が食いてぇ！」と叫んでも、驚くにあたらない時代に私たちは生きている。こういう時代には言葉の持つ意味も力も変わってくる。私たち言葉を扱う人間は、時代に眉をひそめるのではなく、冷静になって新しい言葉のありようを見つめていかなければいけない——と自戒しながら歩きはじめるねじめであった。

匂いの効用

私の父親の十代は船乗りであった。〝七つの海を股にかける〟マドロスさんに憧れ、親にも断らず中学を中退して外国船に乗ってしまったのだ。

もっとも専門の訓練を受けたわけではないので、仕事は甲板掃除をしたり、港に着くと買い出しについて行ったりする下《した》っ端《ぱ》船員である。

太平洋戦争が始まって父親の船乗り生活は終わるのだが、若い頃船乗りだったということは父親の大きなプライドになっていた。中央線高円寺で乾物屋を営むようになってからも、船乗り気分がなかなか抜けなかった。

商人というのは日々繰り返しの仕事だ。一日が始まれば店を開け、一日が終われば店を閉める。「いらっしゃいませ」と客を迎え、包装し、釣り銭を数え、「ありがとうございました」と客を送る。その繰り返しが商売である。しかし船乗りは違う。天候や海の荒れ、潮の加減に左右されながらの仕事であり、毎日が事件のような仕事である。

船乗り気質が染み込んでいる父親は、商店街のほかのおやじさん連中とは違っていた。愛想が悪く、「いらっしゃいませ」と言っても怒っているように聞こえた。だから母親やばあさんは客の相手はなるべく自分たちでするようにしていた。

もちろん商店会の会合なんかには出ない。店番も夕方のいちばん混む時間しかやらない。それも六時半には前掛けを外し、俳句仲間が経営する新宿の焼鳥屋へ飲みに行ってしまう。酔っ払って帰ってくるのはたいてい夜中だった。ときには帰ってきてからまた近所へ飲みに出かけることもあった。

お客さんにとってはおっかないおやじで、母親やばあさんにとっては困った主人であったが、私は父親が酔っ払ってする船乗り時代の思い出話が好きであった。

「船がひっくり返って何が恐いって、そりゃあフカだ。インド洋にはフカがうようよしてるからな。正一、そういうときはどうするか知ってるか」

「知らないよ」

「赤フンだ。赤い褌《ふんどし》をちぎってみんなに渡してやるんだ。フカは赤が嫌いなんで近寄ってこないいんだ」

「えー、ほんと」

「本当さ。だから学習院初等科は赤フンで泳ぐのさ」

テレビの皇室ニュースで宮様の海水浴の話題が出ると、父親は必ずこの話をした。ふーんそうか、学習院初等科の赤フンは宮様がフカに襲われないためなのかと、私はけっこう感心して父親の話を聞いたものだ。

父親が船乗りだったことを示すものは、思い出話のほかにもうひとつあった。ベーラムである。ベーラムというのは男性用整髪料の一種で、とてもいい匂いがした。あまくしみ通るような強烈な匂いで、一度嗅いだら忘れられない。母親は父親のこのベーラムの匂いにまいってしまって結婚を決めたのであった。

父親は毎朝起きるとポマードとこのフランス製のベーラムで髪をととのえる。ポマードを塗るにつれ、宿酔《ふつかよ》いのボサボサ頭が艶々と一筋乱れずまとまって、最後にベーラムで仕上げれば、乾物屋のおやじらしからぬ伊達男《だておとこ》の出来上がりである。父親の朝の匂いを嗅ぐと私は胸がドキドキした。ベーラムの匂いだけを残して、このまま船に乗ってどこかへ行ってしまうのではないかと不安になるほどだった。

だが父親が行くのは外国船ではなく、鰹節削り機が置いてある乾物屋の土間なのであった。

父親は、ここでふかしたての鰹節を機械にかけて削り節にする。私の胸をドキドキさせたベーラムの匂いは、じきにふかしたての鰹節の濃い匂いにまぎれてしまう。子供の私は安心半分、残念半分の複雑な気持ちだった。ベーラムの匂いがしなくなるということは父親がどこにも行かずここにいるということの証であり、同時に、父親がただの商店街のおやじになるということでもあったからだ。

父親は私が中学へ入学する頃までこのベーラムを使っていた。使わなくなったのは、たぶん手に入らなくなったからであろう。化粧品関連の年表を見ると、阪本高生堂が国産ベーラムを発売したのが大正元年である。昭和三十年代の半ばというと国産発売から計算してもざっと五十年ほどたっているわけで、いくら流行の変化が少ない男性化粧品であっても流行遅れになって当然と思われる。

さて、結婚の話である。私の父親は復員後、親戚の経営する乾物卸会社で働くことになった。母親はその会社の経理部門で働いていた。当時父親は会社の寮に入っていたのだが、朝礼には遅れてくるし、上役とは取っ組み合いの喧嘩はするしで評判は悪かった。経営者の親戚だからかろうじて首がつながっているというところだったらしい。その評判の悪い父親が、経理にいた母親にちょっかいを出したわけである。

母親には当時見合いで決めた婚約者がいた。相手は教員であった。真面目だしやさしそうだしということで決めた婚約であったが、元船乗りの父親に母親の気持ちはどんどん傾いていった。そりゃあそうだ。

婚約者にには相済まないが、若い娘にとっては学校の先生より船乗りの方がロマンチックなのはしかたがない。

それは母親が父親に誘われて初めて映画を観に行ったときのことであった。冬なので、父親は毛糸で編んだベレー帽を被っていた（当時はベレー帽というのも伊達男の象徴であった）。映画を見ている最中に父親はそのベレー帽を脱いだのであるが、そのときにベーラムの匂いがぷーんと漂ってきたのだという。母親はその匂いを嗅いだとき、一瞬ここはフランスだ、という気がしたそうだ。

このときのベーラムの匂いで母親は父親の虜《とりこ》になってしまい、学校の先生との婚約を破棄して父親と結婚まで突き進んでしまったわけである。

「あのときベーラムの匂いさえしなかったらねえ」

母親は、心なしかうっとりした顔つきで言うのだ。

「フランス製だものねえ。国産のとは、とにかく匂いが全然違うんだものねえ」

母親の結婚後の苦労を忘れたような顔つきは父親のおかげではなく、まさしくフランス製高級ベーラムのおかげであろう。

つきあいのプロ

おむすび顔のイラストライター、南伸坊さんはモテる。とにかくモテる。やけにモテる。私のまわりの女性編集者諸嬢も、句会仲間の女優さんも、ウチのオクサンまでも、南さんのことが大好きなのだ。なかでもウチのオクサンときたら、「伸坊さんが旦那さんだったらいいのに」と平然と言ってのける。なぜと聞くと、「だって、伸坊さんってメンドクサイとか言わずに、オクサンにちゃんとつきあってくれそうだし」と言うのである。

南さんに初めて会ったのは二十年以上も前になる。南さんがNHKでトーク番組の司会をやっていて、その番組のゲストに私は呼ばれたのであった。録画のあとの雑談で、南さんは「僕が六本木を歩いていたら、女の人からとつぜん〝ねじめさんですよね〟と声をかけられたんですよ」と言った。その顔つきが憮然《ぶぜん》としているように見えたので、私は「すいませんねぇ。私なんぞと間違えられて」と謝った。すると南さんは「ねじめさんが謝ることじゃなくて」と言うと、こうつけ加えたのだ。

「僕がいちばん驚いたのはね。僕とねじめさんの顔を間違えるわけないんですよ。こんなに違うんですから。こんなに違うのに間違えることがあるんだから、人間の顔って不思議ですよねぇ」

ななんと、南さんは憮然としていたのではなく、人間の顔の不思議さにぶち当たって考え込んでいたのである。私をゲストに招いたのも、自分と間違えられたねじめの顔をまじまじと見て、ねじめというヤツの顔がどんな顔なのか、ちゃんと見極めたくなったからなのである。当時の私はまだ小説は書いておらず、サングラスをかけたアブナイ詩人であった。放送禁止用語ばかりの詩を書き、男性週刊誌でAV女優サンと対談をしたりしていた。そういうアブナイねじめを、南さんは正々堂々とNHKに呼んじゃった。自分の興味を最優先にゲストに招くという態度は、安全第一のテレビ番組ではなかなか実現できるものではないが、南さんはそういう招き方でないとつまらないのだ。あれこれあちこち慮《おもんぱか》って自分の興味を引っ込めるなんてイヤなのだ。

南さんとはそれ以来のおつきあいになる。もっとも、おつきあいといってもしょっちゅう会うわけではない。一年に一度、いやいや二年に一度会うぐらいであるが、南さんの顔を見ると気持ちが浄化される。気持ちが浄化されて、一ヵ月ぐらいは気分すっきり過ごすことができる。それは南さんの顔がニュートラルだからである。個性的な顔、一度見たら忘れられない顔の持ち主は多いが、南さんみたいなニュートラルな顔はなかなかないのだ。

……と書くと、「えーっ、南伸坊さんのあの顔のどこがニュートラルなの？」「南さんの顔こそ一度見たら忘れられない顔でしょ！」「あんな個性的な顔ってないじゃない⁉」という読者の反論が聞こえてきそうである。だが私は再度、声を大きくして言う。南さんのあのおむすび顔こそがニュートラルな顔なのである。無色透明、変幻自在、あらゆる人間の顔を内包した、「顔の原型」とも言える顔なのである。

ご存じの方はご存じであるが、南伸坊さんのライフワーク（？）に「顔面模写」というのがある。ちょっとしたカツラとメイクと小道具で、古今東西の有名人になりきってしまう、という、ほかの人にはちょっと真似のできない芸――というか遊びである。この遊びができるのは、南伸坊さんの顔がニュートラルだからこそである。自分の顔を「顔の原型」にまで持ち込めるからこそ、他人の顔になりきれるのである。

今まで顔面模写をやった中でも傑作のひとつに挙げられるのは、最近某小説雑誌に載った櫻井よしこサンの顔面模写であろう。南さんは櫻井よしこサンと似ても似つかない顔であるが、じつに似ている。上目遣いの目元と含み笑いの口角がまさしく櫻井よしこサンしている。恐るべき模写力である。

そして、この顔面模写を撮っているのは仲坊さんのオクサンの南文子サンなのだ。仲坊さんがああでもないこうでもないと櫻井よしこサンの顔とつきあっているうちに、櫻井よしこサンの顔の本質をふわっと摑む。その摑んだ瞬間をとらえて文子サンがカメラのシャッターを押す。このあうんの呼吸と絶妙のチームワークが、あの傑作の数々を生み出したのである。

他人の顔にとことんつきあう南仲坊さんも、その南さんにとことんつきあって決定的一瞬をとらえる文子サンも、まさしくつきあいのプロである。うちのオクサンも含め「伸坊さん素敵！」とのたまう女性たちは、伸坊さんだけがつきあいのプロだと思って心をときめかせているが、忘れちゃいけない、その伸坊さんにとことんつきあっているのはオクサンの文子サンなのだ。

世のオクサンの皆さん！　旦那さんにはちゃんとつきあいましょう！

地元発信の芸人

夕方、日課のウォーキングをしていたら、四、五人のご婦人が道端に立ち止まって何やら熱心に話している。普段着にしては気張った身なりから、近所の人ではないことは一目でわかる。と言って、住宅街では立ち止まって喋る理由がない。不思議だと思って、私もウォーキングの速度を落として聞き耳を立てたら、

「ここらあたりよ。爆笑問題の田中さんの家は」

「コンクリートの大きな家って聞いたわよ」

「そうよね。でも見当たらないわね。誰かに聞いてみようかしら」

ご婦人の一人がちらっと私を見た。慌てて目を伏せると、

「聞く前にもうちょっと探してみない」

もう一人のご婦人が最初のご婦人を制した。やれやれ助かった。会話から察すると、彼女らは爆笑問題の田中さんの家を探しているようなのだ。かく言う私も爆笑問題と同じ町で暮らしているのだが、彼らの住んでいる家は知らない。だから聞かれても答えようがないのだが、その代わり、私のミーハー魂がむくむくとアタマをもたげてきた。ご婦人たちにくっついて行けば、うまくすると田中さんの家が見られそうだ。

ご婦人連はキョロキョロウロウロしながら細い道を行ったりきたり

している。私は靴ひもがほどけたふりをして、電信柱の陰でそっと様子をうかがう。

「あのさ。もう一本先の道かもしれないわ」

「そんなことないわ。この道でいいのよ」

「ねえねえ、もしかしてあの家じゃない？」

「えっ、あっ、そうよ！　この家よ！　表札は出ていないけど、この家で間違いないわよ」

「こんなに奥まってたら見つからないわけよね」

ご婦人連が必死に背伸びして覗き込んでいるうしろから、私も必死に覗き込んでみる。おおっ！　立派な家だ。敷地も広いし、建築デザインもかなり凝《こ》っている。ご婦人たちはしばらく眺めて満足したらしく、阿佐ヶ谷駅のほうに向かってぞろぞろと大移動して行った。

考えてみれば、私が中央線沿線高円寺から隣町のこの阿佐谷に引っ越してきたのは、昭和四十七年春のことであった。あれからもう三十七年以上たったことになる。引っ越してきたばかりの頃の阿佐谷の有名人は漫画家の永島慎二さんであった。我がねじめ民芸店が阿佐谷パールセンターで商いをしているので、永島さんはよく見かけた。永島さんは商店街に溶け込んでいて、パールセンターにある喫茶店で個展をやったりしていた。商店主の中にも永島ファンがいっぱいいたし、永島さんに憧れて阿佐谷に住みつき、そのまま飲み屋の主人になった人もいる。

そんなわけで、どちらかと言えば、阿佐谷は永島慎二さんに影響された漫画家の町であった。阿佐谷で青春時代をすごして有名になり、他の町に引っ越して行った漫画家がたくさんいた。

そのわが町阿佐谷の現在の人気者ナンバーワンは爆笑問題である。阿佐谷の三十代、四十代のお笑い好きの中には、爆笑問題がまだ無名の頃から阿佐谷の小さなライブハウスで漫才をやっていたことを覚えている人がたくさんいる。爆笑問題は苦節時代からこつこつと阿佐谷に根づこうとしていたし、有名になっても阿佐谷を動かずに暮らしている。ウチのオクサンは十年以上前に太田さんがねじめ民芸店に買い物にきたことを覚えているし、私も太田さんとは何度も道ですれ違ったことがある。太田さんはオーラが満ち溢れている感じではなく、道を歩いているのも恥ずかしそうに俯《うつむ》いている。相棒の田中さんも、これまた十年以上前、駅前交番の横に自転車を置いてあったらしいのだが、その自転車が見つからず、必死になって捜していたことを思い出す。太田さんのオクサンは酒豪で、あちこちの飲み屋で酒豪伝説があるほどである。

私が爆笑問題を応援したくなるのは、阿佐谷から絶対に離れないところである。歌手の吉田拓郎が高円寺に住んでいた頃から、高円寺、阿佐谷で暮らしているとメジャーになれないというのがジンクスになっていて、芸能人はちょっと有名になると皆ほかの町に引っ越して行くのだが、爆笑問題はそんなつまらぬジンクスには引っかからない。太田さんのオクサンは阿佐谷でハーブティー専門の店を出しているが、副業の匂いなぞ一切ない本格的経営である。阿佐谷に骨をうずめる覚悟がびしっと伝わってくる。

阿佐谷の中華店や焼肉屋などに田中さんの写真が貼ってあるのを見ると、私は「田中エライ！」と思わず叫んでしまうのだ。嫌な顔ひとつせずに阿佐谷の町の人たちにサービスしている。阿佐谷から発信している唯一の芸人が爆笑問題である。いやいや、「住む場所から発信する芸人」というありようを見せた初めての芸人が爆笑問題なのである。

夫婦共通の趣味

お恥ずかしいかぎりであるが、還暦になって、やっとこさ夫婦共通の趣味を持つことができた。いや、趣味という言葉さえ毛嫌いしていたのに、堂々と趣味と言えるようになったのが不思議なほどだ。その趣味とは俳句である。還暦世代には平々凡々たる趣味であるが、その平々凡々が気に入っている。

俳句はもともと私の趣味であった。と言ってもそう古くはない。句会に参加するようになって七年だから、俳句の世界ではヒヨッコもいいところだ。初めはいかにも詩人の作るようなヘンにねじくれた俳句を作っていて、そういうのがカッコイイと思っていたが、最近は少し変わってきた。ひねってひねって、結局のところ単純な世界に戻ってくるような一茶の句がいちばんの憧れだ。とは言うものの実力はさっぱり伴わず、仲間にいいところを見せたいという欲も手伝って、単純どころかわけのわからない句をひねっては皆に首をかしげられている。

一方、うちのオクサンの俳句歴は四ヵ月である。四ヵ月前にとつじょ「私も俳句をやろうかしら」と言い出して、私の属しているインターネット句会に投句したら評判がよく、すっかり病みつきになってしまった。

オクサンがいちばん最初に作った句は「奥様は魔女より怖い雪女」

である。この句はかなりショックであった。私の芸風だからだ。そのときの席題が雪女で、私はウンウンうなりながら「雪女言い寄ったら溶けちゃった」という句を作って出したのだが、私よりも面白い。面白さにかけては私はオクサンに負けるわけがない、その自信が崩れ落ちたのだ。口ではオクサンに「面白いね」と理解ある言葉を吐くものの、内心は悔しくて面白くない。キャリア七年の私が、始めたばかりのオクサンに負けた。これで悔しくならないほうがおかしい。

もっともオクサンは、俳句を作るのは初めてだが、人の俳句に感想を言わされるのには慣れている。私の母親は長年俳句をやってきていて、その私の母親に俳句の感想を言わされ続けてきたことが、俳句を作る大きな力になっているのだ。

その後も句会での成績は私よりもいいし、句会の仲間たちも、「ねじめさんよりもオクサンのほうがうまいね」「オクサンの句は俳句と表現がぴたっと合っているね」と遠慮なしに言うのである。

そう言われても、私には〝俳句と表現がぴったり合っている〟という言い方がよくわからない。どうしたら俳句と表現がぴったり合うようになるのかもわからない。

私とオクサンの大きな違いは、日常をきちっと見ているか、いないかである。たとえば、私は飼っている金魚を一日に五分と眺めたことはないが、オクサンはエサをやりながら「大きくなったわね。大きくなった自分に気がつかないの。そうよね。気がつかないから金魚なのね」と呟いたりしながら、一時間は金魚を見つめている。エサをやっているのだから金魚が大きくなるのは当たり前で、金魚が自分で〝俺って大きくなったみたいだぞ〟と思うわけがないのも当たり前で、そんな当たり前なことに感心しながら一時間もしゃがんで金魚鉢を見てるのが、俳句のうまい下手に関係してくるのだろうか？　私にはわからない。さっぱりわからないのだが、オクサンは「大掃除金魚の水はそのままに」という句を作るのである。俳句は言葉を削ぎ落とす文学だから、大雑把《おおざっぱ》な私には合っていないのかもしれない。

一人や二人にオクサンのほうが俳句がうまいと言われるのならば、この私も知らんぷりするのだが、たび重なると自信が揺らぐ。俳句を作るのも何だかつまらなくなってくる。そうなると、作った俳句の中身もつまらなくなってきて、俳句をやる気がじわりじわりと失せてくる。こう言っては何だが、庇《ひさし》を貸して母屋《おもや》を取られた気分である。
しかも被害はそれだけではない。四ヵ月前までは、俳句ができると
オクサンに「俳句読んでよ」「どう思うよ」と、催促と言うか、ごり
押しと言うか、感想を聞くことができたのだが、オクサンが俳句を始
めてからはまったく聞けない。同じ句会に参加している立場上、夫婦
のやらせと思われるのがシャクで、なるべくお互いに作った句は見せ
ないようにしているからだ。
そのせいもあって、近頃は俳句にまったく気合いが入らない。あの
締切間際の俳句馬鹿力がまったくもって出なくなってしまった。「ま
あいいか」の気分で俳句を出しているから、私の句が選ばれるわけが
ない。いやはや、このままだと私が俳句から足を洗うのも時間の問題

になってきている。……いや、待てよ！　これは夫婦で同じ句会に入っているからダメなのかもしれない。別々の句会に入れば違うかもしれないと、思案しているのだが、さてどうなることやら。

僕の先生

DVDになった映画『たみおのしあわせ』を観ていたら、俳句仲間の冨士眞奈美さんが登場した。出演しているのを知らなかったので、ちょっとビックリした。女優・冨士眞奈美は、こういうエキセントリックで地に足のついていない役柄を演じさせたら天下一品だなあとあらためて思った。

冨士さんとは十五年ほどのお付き合いになる。吉行和子さんと並んで、私の数少ない女友達のひとりである。

冨士さんは色気を重んじる人であるからして、こんなことを言ったら怒られるかもしれないが、私にとっての冨士さんは理想の教師である。冨士さんみたいな美人教師がいたら、私の子ども時代はもっと楽しい思い出がいっぱいできたに違いないし、私のその後の人生も違っていたのではないかと思われる。

私は中学時代、国語が苦手だった。中でも作文や詩は苦手中の苦手で、時間内に作文や詩をまとめることができずに家に持って帰ったものの提出せず、通信簿は最低の「1」であった。読むほうも苦手で、先生に「この作者の言いたいことは何ですか」と問われるとパニクって頭の中がぐちゃぐちゃになって、そんなこと作者本人が知っていれば、別にどうでもいいじゃないかと居直るほどであった。

そういう頭の悪い中学生の私でも、冨士先生ならば「ねじめ君、作文は無理をしなくてもいいのよ。長さなんかどうでもいいのよ、ねじめ君らしさがあれば」と言ってくれそうな気がする。しかもあの美貌、あのグラマーさならば、冨士先生の自宅にみんなで押しかけていき、冨士先生の大好きなヘッセや佐藤春夫の詩なども朗読してもらって……と、私の中ではもう冨士先生のイメージがすっかり出来上がっているのだ。

というのも、句会での冨士さんはじつに教え上手、乗せ上手なのだ。そもそも私が今の句会に入ったのも、冨士さんに誘われたからであった。某雑誌の句会で素人丸出しの句をつくり、皆の爆笑と憐憫《れんびん》を買っていた私を誘ってくれたうえ、ひるむ私に「ねじめさん、上手くなくていいのよ。俳句になっていなくても、ねじめさんらしければいいのよ」と背中を押してくれた。と言って、句会で私ばかりに気を遣うかというとそんなことはなく、仲間のひとりひとりに対する気遣いは平等であった。

この平等さというのは、学校の先生の資質としては一番大事な部分である。子どもはエコヒイキに敏感なのだ。男はグラマー美人の前では子どもと同じであるからして、エコヒイキのかけらもない冨士さんの平等さは、句会が楽しく続いていくために必要欠くべからざるものなのである。

冨士さんの気遣いによって救われたことは何度もある。五年ほど前、体調を崩して半年で体重が十キロ近く落ち、知り合いと道ですれ違っても気づかれないわ、パーティに出れば担当の編集者にもシカトされるわでけっこう落ち込み、もう二度とパーティなんぞ出たくないと思った時期があった。そのうえ入院も重なって、ますます元気がなくなっていたときに無理して句会に出かけていったら、冨士さんは私の顔を見るなり、「あら、ねじめさん痩せたんじゃない！　学者の先生みたいよ。今までよりずうっとインテリよ!!」と明るい声で言ってくれた。痩せたのを心配するかわりに褒めてくれたのは冨士さんだけであった。

俳句を書くのが嫌になって、句会から抜けたくなったときにも、「ねじめさんには俳句は期待してないのよ。句会に来てくれて面白いことを言ってくれればいいのよ」と、こちらの思いを計ったようにぴったりした励ましの葉書をくれたりもした。

私は冨士先生から他のことでもいっぱい教えてもらっている。東京ドームで野球観戦を終えて、冨士さんをタクシーで送ろうとしたら、「こんなにいい試合を観たあとは、タクシーなんか乗らないで歩いて帰らなければダメよ」と、余韻の大切さを教えてもらったこともある。そう言えば、冨士さんの娘の岩崎リズさんが、最近『DATASHIP』という小説を出した。「ねじめさん読んで！　読んで！」と親バカぶりを発揮しているのだが、単なる親バカではない。ロック歌手でもあるリズさんの小説はぐんぐん押しが強くて、小説としてちゃんと一本立ちしている。冨士さんは親バカの最中でも、我が娘の小説にも、目は曇っていない。おそらく、リズさんとの親子の距離の取り方が上手なのだろう。

冨士さんは、人とちゃんと距離を取りながらも熱く生きている。その熱さも、距離の取り方が正確だから、押しつけがましいところが少しもない。こうなると、私の中で冨士さんは、俳句仲間を超えて、女友達も超えて、親友も超えて、やっぱり元気を与えてくれる僕の先生なのだ。

この原稿が載る頃にはプロ野球も開幕している。プロ野球好きの冨士さんと、また野球観戦にいきたいものである。

阪田寛夫の言葉

春分の日、代々木八幡のホールに、「阪田寛夫メモリアル・コンサート」を聞きに行った。会場は満員であった。故・阪田寛夫さんはあの「サッちゃん」の作詞者である。「サッちゃん」のほかにも「おなかのへるうた」「夕日が背中を押してくる」などは、みんなに歌われている。

サッちゃんはね

サチコって　いうんだ
ほんとはね
だけどちっちゃいから
じぶんのこと
サッちゃんて　よぶんだよ
おかしいな　サッちゃん

（作曲　大中恩）

団塊の世代以降の人なら、誰でも一度は「サッちゃん」の歌を口ずさんだことがあるだろう。私自身も歌ったし、子どもたちもサッちゃんやサチコを自分の名前にしたり友達の名前にして歌っていた。

幼い子は人の名前が入っている童謡が大好きだ。大人は、名前というものはその人固有のものので入れ替えはきかないと思っている。サッちゃんはサッちゃんであり、山口さんちのツトムくんはねじめさんちのソウゴくんとは交換不能であって、それこそが大事だと思い込んでいる。個性個性と騒いでいると、どうしても違いに目が行って交換不能ということになってしまうのである。しかし子どもはそんな垣根なんぞ軽々と越えてしまう。

子どもは個性なんて言葉に騙されない。個性の根っこにある普遍をしっかりとつかまえている。阪田寛夫さんの「サッちゃん」は、そこのところに自覚的である。阪田さんが〝サッちゃんとサチコは同じ子だよ、同じ子に名前がふたつあるなんておもしろいね〟と言ってくれたから、子どもたちは安心して名前を出したり入れたりして遊べる。これが「春よ来い」の（赤い鼻緒のじょじょはいた）みいちゃんだと、ちょっと遊ぶことはできない。作者がみいちゃんはみいちゃんだ、ほかの子ではダメなんだと主張しているからである。つまらない個性を取っ払ってニコニコしている阪田さんはすごいなあ、本当に自由な人だなあと感心する。

コンサートは時間どおりに開演。司会進行はテレビでおなじみの阿川佐和子さんだ。阿川さんは阪田家とは子ども時代から家族ぐるみで親交があり、進行役にはぴったりな人だ。阪田さんの作詞した童謡を歌うのは川口京子さん。阪田さんの詩と向かい合っていた時間の長さを感じた。深く理解していなければ舞台に上がってはいけないという健気さが伝わってきた。

会場のお客さんは四十代、五十代の女性が圧倒的に多い。それは阪田寛夫さんの次女の元宝塚トップスター、大浦みずきさんの影響もあるのにちがいない。私のような宝塚音痴でも大浦みずきさんは知っている。会場の女性たちのなかには、宝塚時代の大浦さんの追っかけをやっているうちに大浦さんの父上の阪田さんのことも知って、阪田さんの詩も小説も読み始めて、そのまま阪田さんのファンになった人も多いのではないか。大浦みずきファンをやっているうちに結婚して、子どもができ、子どもが成長して、小学校の教科書に阪田さんの詩を見つけたときの喜びはほかの宝塚スターのファンには味わえないものである。大浦みずきファンは大浦みずきから舞台の輝きをもらって、しかも父親の阪田さんから言葉の輝きももらったのだ。こんな二重の喜びを味わえるファンは滅多にいない。

あっという間の二時間であった。私も童謡の詩を書きたくなってきた。

最後に長女の内藤啓子さんと次女の大浦みずきさんが登場して挨拶した。誠実なよい挨拶であった。子どもたちを誠実に育ててきた阪田さんの姿が重なった。会場の拍手は熱心だった。帰り道で、お客さんが話しているのを耳にした。阪田寛夫さんは娘の大浦みずきファンもとても大事にしていたらしい。大浦みずきファンからきた手紙にもきちっと返事を書いており、ときには自分の詩集を送ったりしたこともあったらしい。それが親心というものである。

阪田さんが亡くなって四年になる。私は阪田さんとはまったくおつきあいはなかったが、阪田さんの詩「いたいいたい虫」について新聞に書いたことがあって、そのお礼の葉書をいただいたことがあった。「いたいいたい虫」が体験に基づいていることがやさしい字で書かれてあった。その葉書は私の宝物として今でも大切に保管している。年内に出版される予定の分厚い阪田寛夫全詩集を心待ちにしているねじめである。

物書きのＤＮＡ

どうして自分が詩を書いたりとか、小説を書き始めたりしたのかを考えることもあるが、正直言ってよくわからない。学生時代に詩を書いていていたわけでもないし、小説を書いていたわけでもない。二十三歳で結婚した。父が倒れるちょうど五年前だ。当時のわが家は乾物屋から転業した民芸品屋が軌道に乗った頃である。折からの民芸品ブームもあり、店は二軒になっていた。結婚して世帯主となった私はそのうちの一軒、吉祥寺駅ビルの中の店を任されたが、心は商売より詩へ傾きつつあった。

それは従弟の新ちゃんの影響であった。新ちゃんは詩を書いていた。私の店に大きな鞄を右手に持って、十一時にあらわれた。

「正ちゃんお早う」

店の掃除を終えた私と喫茶店でコーヒーを飲みたいので、あらわれた。新ちゃんとは従兄弟の中では小さな頃から一番親しかった。

毎日毎日新ちゃんに詩の話を聞かされているうちに詩なんぞ書いたことがなかったのに、ふいに書きたいという思いが湧いてきて、店の包装紙の裏にまさしくミミズののたくったような字で詩もどきの一行二行を書きなぐる日が続いた。古本屋で詩集を立ち読みし、（表紙裏の鉛筆書きの値段を気にしながら）気に入った一冊を買い求めることもあった。書店では詩の雑誌を立ち読みした。『現代詩手帖』の投稿欄に載っている詩を眺めては、こんな詩はとても書けないとため息をついたりもした。どの詩もとても上手く思えたが、同時に自分が求めている詩、書きたい詩ではないという思いもたしかにあった。私は詩を書きたかった。金にならなくてもいいからどうしても書きたかった。

詩を書きたいという私の気持ちを、父はまったく知らなかった。私が言わなかったからだ。長年俳句をやっていた父だから文学への理解はあるはずだった。言えば応援はしてくれないまでも「そうか」とわかってくれたと思うのだが、言えなかった。それというのも私が文学とは無縁の少年時代を送ってきたからだ。

私は野球少年であった。小学校時代キングスターズというチームに入り、中学に入ってからは野球部に入った。高校でも野球部に入りたかったが、ホイホイミュージックスクールに応募したりする軟派ボーイになってしまった。軟派ボーイになってからはますます本は読まず、学校の成績は悪く、ヒマなときにはいつもテレビにかじりついていた。そんな私が詩に興味があるなど、父は想像もしなかったはずだ。だから言うのが照れくさかった。正一がまた思いつきで何か言っている、と思われそうな気がした。

包装紙の裏に詩もどきを書きつける日々が続いた。詩を書きたい思いは少しずつ強くなり、二十六歳のとき、知り合いの紹介で十人ほどの同人誌に入った。そこで生まれて初めて詩作品を発表したのだが、私の詩は同人たちには不評だった。新宿の喫茶店で行われた合評会では、「世界が小さい」「散文を短くしただけ」「こんな当たり前のことを書いたってしようがない」と批判された。

同人のほとんどが酒を飲む。合評会のあとは当然のように飲み屋に流れた。飲み屋をハシゴしてお開きが明け方になるのもしょっちゅうであった。私は酒をまったく受け付けない体質だったので、いっしょに飲み屋に行っても酔っぱらった同人にどう対応していいかわからなかった。隅っこに座って、背中を丸め、えへらえへらと愛想笑いを浮かべているしかなかった。そうやって一人黙って座っていると、「世界が小さい」という批判の言葉は当たっているような気がしてきた。飲み屋で元気にもの言うヤツが文学としても元気に見えてきて、「ああ、俺はやっぱり文学は向いてない」と思いながらも半年がすぎた。

半年もすると、少しずつではあるがそれなりに同人たちとも親しくなってきた。飲み屋で一人飲めないという状況にも慣れ、気持ちに余裕ができてきた。そんなある日、いつものように合評会が終わって、さてどこへ飲みに行こうか、というとき、私の頭に新宿で一軒だけ知っている飲み屋、「ボルガ」のことがふと浮かんだ。ボルガは父の行きつけの店であった。あるじの高島さんは私の父と俳句の結社を同じくする俳友で、三十年来の付き合いである。私のことも小さな時から可愛がってくれた。父親に頼まれて高島さんの高円寺の家に届け物に行くと、「ありがとうね」と小遣いをくれた。

「今日はボルガに行こうよ」

私が言うと、同人たちは一瞬「え！」という顔つきをした。当たり前だ。酒のイメージからいちばん遠い私が、とつぜんボルガという名前を出したからだ。

「ボルガって、西口のあの焼鳥屋だろう。あそこはいつも行列しているぞ。これだけの人数がまとめて行っても入れないよ」

「そうそう。俺もこないだ行ったけど、いつも混んでいるぞ」

口々にそう言われて、私は急に自信がなくなってきた。そういえば高島さんにも久しく会っていない。私の顔を覚えているだろうか。覚えていたとしても、いきなり十人連れて行ったらやはり入れないのではないか。だが、一度口に出したのを引っ込めるのはカッコわるい。

何とかなるだろうと皆を引っぱって行った。

案の定、ボルガの前は人がいっぱい並んでいた。二十人ぐらいは並んでいたと思う。私は内心ドキドキしながらボルガのドアを開けた。入口脇のレジに高島さんがいて、私と目が合うと笑顔になって「やあ、正一さん」と言った。高島さんは私が小学校の頃から、呼ぶときはいつも「正一さん」だった。正ちゃんではなく、大人のように正一さんと呼んでくれる高島さんが私は大好きだった。

「十人なんですけど、入れますか」

私が聞くと、高島さんは「入れますよ」と言ってくれた。私は外に出て、待っている同人たちに入るように言った。行列している人たちに後ろめたい気持ちがしたが、うれしさ、誇らしさの方が勝っていた。店に入ると、中央の大テーブルに十人の席がきちっと用意されていた。ホッとして席に着いたとたん「おう、きたのか」とカウンター席から振り返る父親の姿があった。

昼間、店で一緒だった父親であるのに、ボルガのカウンターに座っている父親は昼間とはまるで別人のように見えた。通い馴染みの酒場、自分のホームグラウンドでくつろいでいる姿はオーラがあった。同人誌の仲間たちをも圧倒するオーラであった。私の父親に対するイメージがひっくり返った。仲間だけでなく、私も初めて見る父のオーラに驚き、圧倒されていたのだった。

父親はカウンターから下りて私のところにくると、ポケットから一万円札を出して私の手に握らせた。私は素直に受け取った。父親はついぞ見たことのない嬉しそうな顔で私に笑いかけると、ふたたびカウンターに戻ってしばらく飲んでいたが、私よりも先に帰って行った。

あの夜の父親の笑顔は、何の衒《てら》いもない笑顔であった。行きつけの飲み屋で息子に出会って、どういう態度を取っていいかわからずに嬉しさだけがこぼれてしまったという顔つきであった。私は自分の父が特別だとは思っていない。だが、あの夜ボルガで出会った父はまさしく特別であった。

あのとき父親は五十七歳、今の私よりもはるかに年下であった。それから二ヵ月後、父は脳溢血で倒れて、左半身マヒのために商売から完全に退いた。父親と飲み屋で会ったのはこのボルガの夜の、たった一回であったが、私は父から物書きのＤＮＡをもらった日でもあった。

息子の不勉強

私の母親は今年八十四歳になる。戦後すぐに結婚し、中央線高円寺駅の北口で父親と乾物屋を始めたのであるが、父親は俳句に夢中で商売に身が入らず、ほとんど一人で店番を頑張ってきた。

店番というのはまさしく立ち仕事である。立ちっぱなしで足の血の巡りは悪くなってくるし、昔の店は開けっ放しの吹きさらしだから冬は冷えがきつい。地方から鰹節などの木箱に入った重い荷物がどさっと届けばそれを運んだりもしなければならず、力仕事でもある。父親が民芸品屋に商売替えをしてからも、立ち仕事は乾物屋時代とさほど変わらなかった。

それでも若い頃は乗り越えられたのだが、五十代半ばからは脳溢血で倒れた父親の介護が重なったこともあって、体のあちこちが急に弱ってきた。今の私と同じ六十歳を過ぎたあたりからは右膝の軟骨が磨り減ってきたとかで、膝が痛いと言い始めた。

歳を重ねるたびに母親の膝は悪化していった。今は右手にマヒが出てきて、両膝ともに悪くなり、歩いての外出はできなくなった。それでもリハビリを兼ねて、自分の食べる物ぐらいは自分で作ったり、洗い物をしたり、洗濯物を干したりしている。縫い物もする。針の穴に糸を通すのに三十分以上もかかるが、なるべく自分でやろうとしている。朝起きてから着替えるまで三時間かかる。

母親は、これもみんな「リハビリ！　リハビリ！」と自分に言い聞かせながらやっている。母親は二世帯住宅で弟夫婦と暮らしているが、私も一週間に二度ほど母親に会いにいく。

ついこの間のことだが、いつもと同じように上着のポケットから合鍵を出して母親の家の玄関を開けようとしたら、ポケットのどこをさがしても合鍵がないのだ。どうやら仕事場に忘れてきたらしい。ひょっとして弟の嫁さんがいるかと思って、玄関のブザーを鳴らしてみたら、「どちらさまですか」と母親の声がする。弟の嫁さんは買い物にでも行っているのだろうか。私は玄関の前から大きな声で「正一です。鍵を忘れちゃって」と言った。すると母親は、「じゃあ、中庭のガラス戸を開けるから、そっちから入りなさい」と言う。言葉通りに庭のガラス戸の前に行くと、ガラス越しに母親がこちらに向かって伝い歩きしてくるのが見えた。ああ、悪いことをした、鍵を忘れるんじゃなかったと思いながら眺めていると、母親はやっとガラス戸にたどり着き、サッシに手をかけて引き開けたとたん、バランスを崩して向こう側に倒れてしまったのだ。

私は驚いた。あっという間のことだったので、母親の腕を摑《つか》んで支えることもできなかった。急いで部屋に上がると、中は物が多くて足の踏み場がないほど狭い。

母親は物と物の狭い隙間にはさまるように倒れていた。転んだとき床に打ちつけたのか、左のおでこが赤くなっている。私はわずかな隙間を見つけて足場にし、母親を抱え上げようとしたが、重くて重くてとても抱え上げることができない。抱えやすくするために、左にねじれている母親の体を右に戻そうとすると、母親は「痛い！　痛い！」と叫ぶのだ。おでこ以外にもどこか打ったのだ。

大きく深呼吸して、慌てるなと自分に言い聞かせながら母親の後ろに回った。母親の脇に両腕を差し込んで抱え上げようとした。しかしやっぱり上がらない。倒れた人を抱き起こすことがこれほどまでにたいへんだとは思っていなかった。こういうときに備えて正しい介護の仕方を覚えておけばよかったと反省したが、後の祭りである。母親と二人で、どうすれば起き上がれるのか思案していると、「ただいま」と弟の嫁さんが帰ってきた。ありがたい、助っ人登場だ。弟の嫁さん

と二人がかりで母親をやっとこさ抱え上げて、ソファに座らせることができた。母親は肩で息をしながら、

「自分で起き上がるぐらいの力はあると思っていたのに、起きられなかったのよ。そしたらもうダメだと思って、ますます力が入らなくなってしまったのよ」

と、自分の体の状態を認識したようである。

私はと言えば、大の男がたかが六十キロ足らずの母親を抱き起こせなかったことがショックであった。以前、NHKのテレビ講座で、古武術の達人が倒れた人を力を入れずに軽く起き上がらせるのを見たことがある。そのときは面白半分にオクサンを倒れた人に見立てて、何度も起き上がらせては、「へええ、ちょっとコツを覚えればこんなに

簡単に倒れた人を起こすことができるんだ」と二人で感心したのだが、実際に自分の母親が倒れているのを目の当たりにすると、そのときのことなんぞまったく頭に浮かんでこない。

今は介護の本を買ってきて、いざというときのためにオクサン相手に、倒れている人を軽く抱き起こせるように練習しているねじめである。

高円寺の思い出

高円寺で生まれ、二十歳まで暮らしたせいか、高円寺には人一倍愛着がある。結婚して吉祥寺、国分寺と住まいを替え、今は隣町の阿佐谷で暮らしているが、高円寺の町の変化は見続けてきた。

高円寺というのは、新宿を起点とする中央線沿線の中ではもっとも下町感覚が残っている町である。通りがごちゃごちゃしていて、路地裏が多く、物価が安い。若者と年寄りが共存共栄しており、年寄りが小さくなっていることもないし、若者がわが物顔に歩いているわけでもない。若者が多いといっても、物価が安くて早稲田大学や江古田の日大、中央線沿線の大学に通いやすいから大学生が住みついているだけなので、御茶ノ水の学生街のような「大学生は神様です」的雰囲気がない。

高円寺名物阿波おどりが始まったのは、私が中学に入った頃である。今では本場阿波踊りにも負けぬ勢いであるが、始まってしばらくは「高円寺ばか踊り」と言って、連などというはっきりした組織単位もなく、誰でも自由に踊ることができた。だからアングラ芝居の連中が上半身裸で「えらいやっちゃ、えらいやっちゃ、ヨイヨイヨイヨイ」と踊っていた。昭和四十年代になるとヒッピーやフーテンもいっぱいいた。『イカ天』が流行っていた頃にはとさか頭のパンク連中が唾を吐き吐き歩いていて、かなり鬱陶しかった。

そうこうしているうちに、高円寺の南口のルック商店街に、古い空き店を利用した古着屋ができ始めた。店をやっているのも若者、買いにくる客も若者だった。古い世代は「誰が着たかわからない古着なんて」という感覚があるが、若者は気にしない。むしろ、今は手に入らないカッコイイ服があるというので、人と違う格好をしたいオシャレな連中がどっと集まった。店をやる若者のほうも、空き店で好き勝手に内装をいじることができたので、ペンキを塗ったり、自分で壁紙を買ってきて貼ったりと、手作り感覚の店が次から次へとできあがっていった。

ぽつぽつとあった古着屋が増殖してルック商店街が古着屋商店街に

なるのは早かった。週末は大賑わいになった。賑わえば売れる。儲かる。若い店主たちは自分の店を持つうれしさに加え、商売の楽しさ面白さも憶える。つまり、商売に目覚める。と言っても、彼らは店を大きくしようとかチェーン展開しようとかいう野心は持ち合わせていないようである。自分の好きに手を加えた店で、自分の好きな品物を、好きなように売って、自分の好きな人生を送りたい。そういうのんびりした店主が多いのも、いかにも高円寺という感じである。今では相当遠くから人がきて、お目当ての古着屋やレコード屋や喫茶店に寄ったりして、一日中、高円寺の町を楽しんでいる。高円寺は若者が一日中遊べる町になったのだ。

そして今年の四月、高円寺に「高円寺阿波おどり」、「古着屋」に続く新名物ができた。「座・高円寺」という芝居小屋である。建築中の「座・高円寺」を最初に見たとき、私は何が建つのかまるで見当がつかなかった。ある日、電車に乗って窓の外を眺めていたら、高円寺の環七を越えたあたりにニョキニョキと地面から生えてくるような建物が目に入ってきたのだ。何だアレは、と思った。あのあたりは私が子どもの頃によく遊んだ場所だ。細い一本道があって、水路があって、春休みや夏休みにはザリガニやオタマジャクシを取った。友達の家も何軒があったし、保育園もあって、私はその保育園に行きたかったのだが、母親に阿佐谷寄りの馬橋にあった白梅幼稚園に入れられた。細い一本道沿いには意地の悪い地主もいて、その地主の土地で遊んでいると、地主が血相変えて飛んできて、「お前らとっとと出ていけ！

この立て札が見えないか」と怒鳴られた。仕返ししようと、立て札に犬のうんちをくっつけてやったこともあった。

建築中のニョキニョキした建物は、そんな思い出のいっぱいつまった場所にぴったりの面白さがあった。あの場所に他のものが建つのは許せないが、これならいいや、と思えた。気になって周りの人に聞き回ると、あの建物は演劇小屋になる予定だとわかった。設計を建築家の伊東豊雄氏が担当していることもわかった。銀座ミキモトのピンクの不思議ビルを設計したあの人だとわかったとき、うれしくてたまらなくなった。伊東豊雄さんなら、我々の思い出がニョキニョキと、キノコよろしく地面から生えているような芝居小屋を造ってくれるに違いない！

できあがった「座・高円寺」は、まさしくキノコのような建物である。幾本かの突《つ》っかい棒で支えられたテント小屋のようでもある。この土地から生え出し、この土地から動かないキノコと、畳んでどこへでも行くサーカスのテント小屋と、そのどちらにも見えるところがいかにも高円寺らしい。ねじめの思い出の詰まった演劇小屋「座・高円寺」へ、皆さんもぜひお越しください。

まどさんの百年

銀座教文館九階のウェンライトホールで開催された『ぞうさんの詩人・まどさん100歳展』に行ってきた。土曜日のせいもあって、会場は混み合っていた。

まど・みちおさんといえば、展覧会のタイトルにもあるとおり「ぞうさん」の歌詞である。

ぞうさん

ぞうさん
おはなが　ながいのね
そうよ
かあさんも　ながいのよ
（作曲　團伊玖磨）

この詩は、鼻が長いと言われた子ぞうが、言われたことをぜんぜん悩まずに「そうよ！」と明るく肯定している。だってかあさんだって長いんだもの、と、大好きな母親に似ていることを肯定している。深いことをふつうに軽々と詩に書くのがまどさんである。まどさんにはぞうの詩は他にもあるが、ぞうという生き物の本質をぎゅっと摑む力がある。ぞうは鼻が長いんだから、その特徴を活かして生きていけばいいんだ。ぞうとして生まれてきたんだから。それはぞうだけでなく、人間も同じことだ。人間も他の人と違ってもいいんだと、まどさんに励まされる。人と違うことをちゃんと活《い》かせばいいのだ。この「ぞうさん」の歌でどれだけ多くの人たちがやさしい気持ちになれただろうか。

まどさんは一九〇九年十一月生まれだから今年の十一月で百歳を迎える。今までに発表した詩は二千篇をはるかに超える。二千篇すべてを読んだわけではないが、私が読んだまどさんの詩で、手を抜いた詩は一篇もない。まどさんは詩を書くために生まれてきた人である。詩だけに人生を捧げてきている。一日二十四時間、詩のことばかり考えている。手を抜いた詩が一篇もないというのがその証拠だ。詩で食べていくことは大変なことである。でも、まどさんはそんなことよりも詩を書きたいのだ。詩の神様に祝福されている詩人だ。

会場に入ると、真っ先に、この展覧会のために届いた百人以上の詩人、作家、画家からまどさんへのメッセージが目に入った。まどさんは読者にも愛されているが、同業の人たちからも愛されているのだ。まどさんへのひとりひとりのメッセージを読むと、これがまた素晴らしい詩になっている。宇宙飛行士の毛利衛さんがスペースシャトル・エンデバーからまどさんの詩を朗読した映像も流れている。毛利さんもまどさんの詩を愛しているひとりなのだ。百人のメッセージや毛利さんの朗読影像もそうだが、今回のまどさんの展覧会はいろんなアイディアや工夫が凝《こ》らしてあった。まどさんの描いた絵や直筆原稿も飾ってあったし、童謡コーナーもあったし、CD視聴コーナーもあった。可愛いやぎさんゆうびんポストも設置してあったし、プロジェクターを使って、壁にまどさんの詩が次から次へとあらわれる仕掛けもあった。なかでも嬉しいのは、未発表詩三十九篇が美しく額装されて飾られていたことだ。まど・みちおファンにとってはまさしく至れり尽くせりであった。

それにしても会場に立っている教文館のスタッフの女性たちが嬉しそうだ。無愛想な女性はひとりもいない。展覧会までこぎつけるのに徹夜徹夜でがんばってきたに違いないが、そんな疲れなど吹っ飛ばすほどの熱意が彼女たちの笑顔から伝わってくる。本屋さんもまどさんのことが好きなのだ。いつかうちの本屋でまど・みちお展をやりたかった、その念願がやっと叶った、という顔つきをしている。

もちろんこの私もまどさんの大ファンだ。まどさんには一度だけお会いしたことがある。まどさんの出版記念会で詩人の谷川俊太郎さんに紹介していただいたのである。そのときのまどさんは「私なんぞのためにわざわざ時間を取らせてしまって本当に申し訳ない」という恐縮ぶりであった。まどさんの「もぐら」の詩をNHKテレビで朗読したときは、私の喉《のど》を嗄《か》らした朗読ぶりに「ご苦労様でした」とねぎらいの葉書をくださったし、まどさんの詩を富山の子どもたちに読んで聞かせたくて、まどさんにお願いの葉書を書いたときも、私が急いでいることをすばやく察して、わざわざ速達で承諾の返事をくださったこともあった。本当に頭が下がる。

九階で展覧会を満喫して、六階の子どもの本の売り場に下りると、平台《ひらだい》にまどさんの入手可能な本がでででーんとすべて勢揃いしていた。私と同じようにまどさんの展覧会を見て、まどさんの本を読みたくなった女性たちがまどさんの本に群がっていた。若い女性客がまどさんの本を手に取って、カウンターに持っていくのを横から見ていたら、売り場の女性が丁寧に丁寧にカバーをかけると、「ありがとうございます」とはきはきした明るい声で言った。この売り場の女性も、間違いなくまどさんファンである。

わからん家族の大移動

国分寺に住んでいた二十五年前までは、ねじめ民芸店のある阿佐ヶ谷駅までの中央線沿線各駅に、書斎よろしく一軒ずつ馴染みの喫茶店があって、毎日順番に通ってては詩や小説を書いたりしていたものだ。今は地元阿佐谷の行きつけの喫茶店でコーヒーを飲むだけである。毎日一度は行く。

それで気がついたことだが、二十五年前の喫茶店と今の喫茶店の客が違うのだ。今の喫茶店の客は何だかヘンなのだ。とんでもない光景が今の喫茶店ではフッーになっている。

たとえば一週間ほど前のことだが、私がコーヒーを飲んでいたら、六人の一団がどっと入ってきて私の隣の席に座った。七十がらみの年配の女性一人と、中年男が三人、中年女性が二人である。なかの一人が注文を取りまとめるのを聞いていると、どうやら六人は親子のようだ。

じきにコーヒーがきて、「それで……」と息子の一人が母親に水を向けると、いきなり母親が泣き出すではないか。

「ごめんね、あんな父親で。迷惑ばっかりかけて、あんたたちに申し訳なくて」

母親がしゃくりあげるのを、「いいよ、いいよ、昔からあんな人だから慣れているよ」と長男らしき息子がなだめている。やや沈黙があって、三十代の娘が口を開いた。

「お母さん、これでお父さん、何度目なの」

「三度目かしら」

「お母さん、家庭内別居なんて中途半端なことやらないで、いっそのことお父さんに出て行ってもらったらどうなの」

いやはや参った！　家庭の事情が喫茶店でどんどん開陳されていくのだが、この家族はへっちゃらである。

「お母さんがそんなだから、結局はまたうやむやにしてしまうつもりなのよ。これがお父さんのいつもの手なのよ」

「お父さんのアレは直らないわよ。病気なんだから」と一番下の娘らしき女性が言う。

「お姉さんの言うとおり、追い出したほうがいいわよ」

突き放したような娘の言葉に母親は涙をこらえ切れずまた泣き出すのだ。私の耳はこの家族の会話にべったり張りついている。沈黙があっても、私の耳は次の言葉をちゃんと待っている。

「でもねえ、お父さんもあれでなかなかいいところがあって、私が入院したときには、毎日病院にきて看病してくれたのよ」

「またそのことかよ。お母さんは必ずその話になるんだから」と長男は呆れている。私はそろそろ仕事場に戻らなければいけないのだが、この話の結末がわかるまでは戻れない。というか、私の気分も子どもたちの気分に重なってきて、泣いてばかりいる母親にイライラしている。この気分に決着をつけないと、仕事が手につきそうもない。

長男が、私の思いを察したように「お母さんは結局はお父さんと別れる気がないんだよ」と言ってのけた。そのとおりだ！　私は胸がスカッとした。母親はうつむいて黙りこくった。やれやれ、やっとわかったかと思ったとたん、母親が赤い顔をして立ち上がると、「お父さんのことは私に任せてちょうだい」と言いざま、伝票を取ってレジへ向かった。何だ、このセリフは。この母親の考えることはさっぱりわからん。それだったら最初から子どもたちを喫茶店なんかに呼び出すなよ、と思っているうちに母親は喫茶店を出て行き、あっけにとられていた子どもたちも、後を追うように、ぞろぞろ大移動していった。

わからん家族の大移動と入れ替わりに、黒服を着た中年男とホット

パンツを穿いた若い女が入ってきて、また私の隣に座った。中年男はカバンから書類を出すと、

「キャバクラで働いたことはあるよね。いくらぐらい稼ぎたいの。最近は不景気だからそんなに稼げないよ。××万ぐらいでいいかな。年齢はいくつだっけ」

「××歳です」

「今まではどこの店にいたの」

「池袋です」

「そこではどのぐらい稼いでいたの」

「××万です」

「ちょっと無理だね。ウチではそんなには稼げないよ」

二十五年で喫茶店の意味合いがすっかり変わってしまった。喫茶店は一人静かにコーヒーを飲んだり、顔見知りと世間話をしたりする場ではなく、家族の揉め事の話し合いの場であり、キャバクラ嬢の面接の場になっている。家族の揉め事なら自宅で話せばいいし、キャバクラ嬢の面接ならばキャバクラの控え室でやればいい。無防備すぎる。他人に意識がなさすぎる。だがしかし、ねじめのように耳から生まれてきた人間にとっては、今の喫茶店はとんでもなく面白い場である。

安住アナのひっぱり戻し

私が長年やってきたことで、今でもちゃんと続いているのはテレビを見ることである。我が家にテレビが登場したのは私が小学校三年のときだったから、もう五十年以上もテレビを見ていることになる。と言っても、見るのはスポーツ中継とお笑い系のバラエティ番組だけだ。なかでも好きなのはビートたけしのバラエティで、一九八〇年代の漫才ブーム時代から、かれこれ三十年近く見続けている。

そう言えば、ビートたけしが出始めの頃、うちのオクサンに「あなたがテレビでビートたけしを見ているときって、えへらえへらして、よだれを垂らしそうな顔をしているわよ」と呆れられたことがある。

「私が声をかけたってぜんぜん気がつかないんだから。バカ面ってああいう顔のことなんだなって、よーーくわかったわ」

ところがそのビートたけしが、十年ほど前から面白くなくなってきた。八〇年代九〇年代にはあんなにゲラゲラ笑えたのに、テレビで見ても笑えない。バラエティの司会は相変わらず多いが、合間合間に茶々を入れて、最後に気の利いたコメントを言ってお茶を濁しているといった番組が多い。それは仕方のないことでもある。今のテレビは、一人の芸人の才能では支えきれなくなってきているからである。

だがここへきて、ビートたけしがまた輝きつつある番組が出てきた。

TBS毎週土曜日夜十時からの『情報7days　ニュースキャスター』である。この番組はビートたけしと安住紳一郎アナとのかけ合いから成り立っているが、番組名が「ニュースキャスター」となっているように、あくまでも報道番組なのである。

だからたけしが報道番組から脱線して笑いの力を発揮してきて、「オイラの子どもの頃なんか恐いオヤジばっかりで……」などと笑いを取りながら、今はいなくなってしまった頑固オヤジについて話し始めると、安住アナが絶妙のタイミングで割り込んできて「その話の続きは『たけしくん、ハイ！』の小説を読んでいただきましょう」と、強引に報道番組にひっぱり戻すのだ。安住アナのこの強引なひっぱり戻しが、「ひっぱり戻されるたけし」という、まったく新しいたけしをひっぱり出している。

　それができたのは、安住アナがたけしに動じていないからである。テレビ界が――いや、映画や小説を含めたさまざまな文化ジャンルがひれ伏すビートたけしという大物を前にして、安住アナはまったく動じていない。と言ってもたけしを尊敬していないわけではない。だから、たけしの冗談をかっさらって遠慮なく報道の話にひっぱり戻すときにもすがすがしい感じはあるが、不遜さや図々しさは感じられない。安住アナは「この番組は報道番組である」という共通認識と、「自分の役割は番組をあるべき方向に進行させることである」という自己認識にもとづいて、自分の役割に忠実に仕事をしているだけなのである。

　安住アナはもうひとつ、毎週金曜日夜七時五十分からの『ぴったんこカン★カン』なるバラエティ番組の司会も担当している。この番組では、年に数回、バスガイドに扮した泉ピン子と安住アナが旅をする「カンカン観光」というスペシャル企画があるが、安住アナは泉ピン子の強烈な嫌がらせに、「本当にこの人困った人だよなあ」と遠慮なくムッとしているときもある。もうひとつのスペシャル企画「石塚グルメ」で、グルメ芸人石塚英彦と一緒にラーメン屋やうどん屋に入っても、安住アナはまずい店ではぜったいに美味しそうな顔はしない。

そこがまじめで面白い。

おそらく安住アナは、強烈な芸人と渡り合うには「まじめさ」を武器にするしかないと知っているのだ。「まじめさ」を武器にすることで、強烈な芸人の個性をさらにひき出しながら、自分の身の置きどころもちゃんと確保できるとわかっているのだ。

今の安住アナには、将来フリーになって大金を手に入れようとかの願望はなさそうである。自分を大きく見せようとか、テレビ界でのし上がりたいなどという野心もなさそうである。そんなことより、今は『情報7days　ニュースキャスター』の中でビートたけしと上手に絡むことが最大のテーマだと考えているに違いない。安住アナはたけしとかけ合いをやっているときも、目は笑っていない。たけしの喋りに集中しつつも、どのあたりでたけしの喋りを奪い取るか、番組の流れをどう作っていくかをつねに考えている目をしている。

安住アナはニュース原稿を読むのもうまい。レギュラー番組を何本も持っているビートたけしであるが、安住アナとの絡みと、そこから

ひっぱり出される新しい面白さは、すれっからしのたけしにとっても
新鮮なものに違いない。

ブランコのホームラン

今年（二〇〇九年）のプロ野球セ・リーグは巨人と中日の首位争いが面白い。とくに中日はシーズン前半こそBクラスをうろうろしていたが、後半戦になってぐいぐい追い上げ、ファンを喜ばせてくれている。

この中日の躍進の原動力となっているのが、去年まで中日の大砲だったタイロン・ウッズ、中村紀洋の二人の代わりに入団したトニー・ブランコ選手である。ドミニカ共和国出身、二十八歳のブランコ選手は身長百八十八センチ、体重百二キロ、筋肉質のガッチリした体格で打つわ打つわ、どデカいのをがんがんぶっ飛ばす。

なかでも驚いたのは五月七日、対広島戦で前田健太から打った、ナゴヤドームの天井スピーカー直撃の一発だ。アレは凄かった。天井スピーカーの高さは五十メートル、推定飛距離百六十メートル、あんなのをバカスカ打たれたら対戦投手はたまらない。気の弱い投手なんぞ、ブランコ選手がバッターボックスに入ってきただけで手元が狂いそうだ。

しかもブランコ選手は、その翌日、東京ドームでの対巨人戦で今度は左中間の看板のずーーーーっと上を直撃する特大ホームランを打った。この二つのホームランで、薄情な中日ファンは、ウッズと中村ノりのことをキレイさっぱり忘れてしまったのだった。

そんなわけでブランコ選手のホームランにすっかり魅了された私は、一度ナゴヤドームであの超特大ホームランを見たいものだと願っていたのだが、八月上旬、ついにそのチャンスが訪れた。ナゴヤドームのチケットが二日続きで手に入ったのだ。試合の前日は富山に所用があったが、そのまま名古屋のホテルへ直行、一泊して翌日の試合に備える。試合開始前に行われるブランコ選手の打撃練習を、どうしても見たかったからである。

中日の打撃練習は開門前に行われるため、つい最近まで見ることができなかった。しかしブランコ選手が入団してからは、練習とは言えあのホームランをファンの人たちに見せないのはもったいないという荒木雅博選手（中日選手会長、日本プロ野球選手会副会長にして守備の名手）の意見によって、一日三百名限定で見学できる日を設けることになったのだ。

当日、私が列に並んだのは午後二時半頃だった。夏休みとあって親子連れがたくさん並んでいたが、運よく三百名の中に入ることができた。

他の選手には申し訳ないが、この日だけはブランコ以外の中日選手の打撃練習を見ていても上の空である。ブランコ早く！　早く！　と、ブランコ選手が登場するのを待ちこがれている。ブランコ選手はその四日前のヤクルト戦で左肘にデッドボールを受けて途中退場した。その左肘の怪我の具合も気になる。

球場がざわつき始めた。待ってました！　いよいよブランコ選手の打撃練習が始まった。やっぱり左肘を気にしているようで、思いっきり引っ張らず軽くライト打ちに徹している。力を入れずにライト方向に打つのだが、それがそのままライトスタンドにポンポン入っていく。私の目から見ても、ブランコの調子は明らかに落ちている。その落ちた調子を上げるには本気モードでガンガン打ってはいけない。軽〜くライト打ちに徹するのがいいのだと、ブランコ選手はわかっている。軽く軽くと自分に言い聞かせながら打っている。

ライト中心の打撃がだんだんセンター中心になってきた。バットの振りが強くなってくる。身体が前に突っ込まずに、そのまま くるっと身体を回転するように打っている。落合監督の現役時代を彷彿《ほうふつ》とさせるフォームである。

そう言えば、ブランコの師匠、落合の現役ホームランはひときわ異彩を放っていた。ふわっとボールが上がって、ホームランだと確信を持つまでに時間がかかるのだ。と言って、観客席最前列にギリギリで入るせこいホームランでもない。省エネホームランとでも言おうか、試合はまだ続くのだから、たかがホームランごときに余計なエネルギーは使いたくない、という工夫があった。ツマ楊枝でゴマを弾くように打っていた。落合選手のホームランはまさしく日本人野球の匂いがしていた。

ブランコ選手は、体格は目を見張るほどの大型だが、不思議に日本人野球の匂いがする。落合監督に引き出してもらった自分の素質をどうやって磨いていけばいいのか、ああでもない、こうでもないともがいている。

その証拠に、ブランコは三振はかなり多いが、気を抜いたスイングは一度も見たことはない。そのことは落合監督も十分わかっているから、不調なときもブランコを4番から外《はず》さないのだ。

中日の打撃練習が終わって、阪神の打撃練習が始まった。しかし、ブランコを見てしまうと阪神の新井も金本もお子様に見える。スタンドに放り込んでも球の勢いが違いすぎて、驚きがない。

打撃練習のあとで始まった試合は、チェンの好投で中日が勝ったものの、ブランコは残念ながら三振ばかりで、実戦でのホームランは見ることができなかった。しかしまだ明日がある。明日こそはホームランを！　と祈りながら、地下鉄のつり革につかまってホテルへと戻るねじめであった。

ここ一番の勝負服

前回はナゴヤドームへブランコ（公園にあるヤツではない、中日の野球選手の名前です）を観に行った話を書いたが、そのときに「おおっ！」と気づいたことがひとつある。プロ野球を観にくる人たちの服装が、えらくオシャレなのである。

そもそもスポーツ観戦ファッションというのは、オシャレとか色気とは無関係である。サッカーファンは男も女もご贔屓チームのユニフォームを着ているし、プロ野球ファンも贔屓選手の背番号のついたユニフォームや法被《はっぴ》を着て、手にはメガホンを持ち、おばちゃんも若い子も関係なく、どんちゃかどんちゃか応援している。スポーティーというか、バンカラなのである。

だが、名古屋は違う。ナゴヤドーム行き地下鉄に乗っている人たちは男性も女性も、服装だけ見ていると、野球観戦というよりは盛り場のクラブに出かけていくような雰囲気だ。

とくに若い女性ファンのファッションは大胆で、背中が大きく開いていたり、胸元がぐっと刳《えぐ》れていたり、超ミニだったり、目のやり場に困ってしまうほどである。足元も、ナマ脚に高さ一センチはあろうかというハイヒールで、通路の階段の昇り降りもモデルさんのように颯爽としている。

こうなるとオジサンはつらい。野球の試合に集中しようと思っても、ついつい観客席の女性の方に目が行ってしまう。

中でも私の前の席にいた双子の女の子はやけにキュートであった。二人のそれぞれがＡＲＡＫＩ、ＩＢＡＴＡ（荒木と井端は「アライバ」とも呼ばれる中日の名二遊間コンビ）と背中に書かれたお揃いのＴシャツを着て、試合中はおとなしく応援している。ところが、中日攻撃回のはじめにファンサービスで選手が観客席にボールを投げ入れる段になると、一人は赤いグローブ、一人は青いグローブを手に嵌《は》めて、ボールのきそうな場所にサササッと移動してグローブを構えて待っているのだ。

その可愛さには目のやり場に困るどころか、目が釘付けである。二人で一人の双子の可愛さを、みんなに見てもらいたいという演出が、赤と青のグローブからびんびんびんびん伝わってくる。

いやいや、びんびん伝わってくるのはこの二人だけではなかった。左の隅にアラフォー世代の女性二人組がいて、この二人がまた双子で、しかも二人とも胸がグイッと突き出たソフィア・ローレンばりのイタリア系美女で、グラマーを強調するぴちぴちのオレンジ色Tシャツ姿で、もう文句なしの圧倒的な存在感なのであった。私の席から三十メートル以内で二組も双子美人がいるのだ。名古屋の名産はういろうと味噌カツだと思っていたが、双子も名産なのであろうか？

その翌週、私は再び名古屋に行った。中日ドラゴンズ応援のトーク番組に出演するためであった。番組収録後、司会のＹ氏に「名古屋の女性はドームに野球を観に行くとき、すごくオシャレをして行くんですね」と聞いてみた。するとY氏は「そうなんですよ」とにこやかに頷くのであった。

「名古屋は東京や大阪に比べると、まだまだオシャレして出かけられる場所が少ないですからね。ナゴヤドームの野球観戦も、試合を見るためだけじゃなくて、オシャレを楽しむ場所でもあるんですよ」

なるほど納得である。自分の好きな場所に、自分が一番カッコイイと思う服装をして出かけるというのは気分がいい。そして、その好きな場所が野球場なら、なおすばらしい。

ここ一番のときに着るとっておきのオシャレ服を勝負服と言うが、名古屋の女性はナゴヤドームに勝負服を着ていくのだ。グラウンドの野球選手の勝負を見ながら、自分を思いっきり見せて、目立たせて、ばんばん勝負をしているのだ。

愛する中日が勝つ喜びと、勝負服で自分をアピールする喜びと、一粒で二度おいしいのが名古屋女性の野球の楽しみ方である。中日が負けても自分をアピールする喜びだけは味わえるので、損をすることもないという点に、名古屋ならではの合理性も感じる。

普通に暮らしていると、勝負服を着て行ける場所はそう多くはない。年齢が上がるにつれて、友達や会社の部下の結婚式も終わってしまうし、女性ならPTAの集まりもなくなってしまう。そうなるとどんどん地味になって、流行にも、自分に何が似合うかにも無関心になる。つまりは「勝負しない」人間になってしまう。名古屋の人たちは、その危険を本能的にわかっている。だから、プロ野球観戦という勝負のチャンスを見逃さず、勝負服に身を包んでいそいそと出かけるのである。

ここで私はひとつわかったのだ。落合監督と選手たちがこれほど頑張っているのに、ナゴヤドームの中継で観客席がもうひとつ燃え上がっていないように見えるのは、地元ファンたちがドラゴンズも好きだが勝負服の自分もアピールしたい思いも同じくらい強くて、ドラゴンズに没頭しているように見えないからなのだ。

しかしながら、ペナントレースも終盤である。ここはひとつ自分アピールも忘れてドラゴンズを応援していただきたいと、落合監督に代わってお願いしたいねじめである。

清志郎さんの怒り

忌野清志郎さんが亡くなって五ヵ月経った。亡くなったすぐあとにNHKや民放でも追悼番組をやっていたので、すべて録画して、毎日寝る前に観ている。

清志郎さんのステージはスカしていない。身体を張ってベタと思われるほど、しっかり歌っている。このベタさが好きなのだ。舞台上をリズムを取りながら早足で歩いていてもぎこちない。ジャンプしてもいまいち決まってこない。この決まらなさがたまらなくひきつけるのだ。日本人ロッカーなのだ。

私は清志郎さんの曲の中では「キモちE」が好きである。「キモちEキモちEキモちE……」のくり返しであるが、一回一回のキモちEのイメージも声の質も違っている。

同じキモちEがないのだ。全部違うキモちEなのだ。キモちEをくり返せばくり返すほど清志郎さんが憑依《ひょうい》してきて、清志郎さんは声一本の人になってゆくのだ。

清志郎さんは声の人だ。清志郎さんの歌を聴いていても声が鼓膜に貼りついて、三半規管を舐められているような感じだ。声が耳の中に入って溶けたり弾けたりくっついたりする。厄介な声なのにキモちEのだ。緊急事態発生の声なのにキモちEのだ。

間違いなく僕の耳の中の中で、清志郎さんは亡くなっても声はちゃんと生きている。

清志郎さんは私よりも三歳年下で、一度だけお会いしたことがある。それも二十五年以上も前、マガジンハウスの『鳩よ！』という雑誌の対談で会ったのだ。

その当時の清志郎さんは飛ぶ鳥を落とす勢いで、若い劇団の芝居を観にいくと、肝心な場面になると、「トランジスタ・ラジオ」や「雨上がりの夜空に」などが流れてきた。日本のロック界の星として派手な衣装でギンギンに歌いまくっていたのだ。私のほうが年齢は三つ上でも、憧れの人に会うような気持ちで雑誌の対談に出かけて行った。

私も照れ屋だが、清志郎さんは私よりももっと照れ屋で、ステージの上でエネルギッシュに歌う清志郎さんではなかった。飄々《ひょうひょう》としていてやさしい小動物のような目であった。

編集者が気を遣って二人を紹介したのだが、清志郎さんは椅子から腰を上げたり下ろしたり、妙に落ちつかなかった。しばらくして清志郎さんが「初めて名刺を作ったんです。渡すタイミングがうまくいかなくて」と言うと、椅子から立ち上がって、新しく作ったばかりの名刺を私に差し出した。その差し出し方が変わっていた。両手で名刺をしっかり持って、胸の辺りからまっすぐ差し出してくるのだ。

そんな差し出し方をする人は初めてだった。私はその名刺をどう受け取っていいのかわからなかった。私も胸ポケットから名刺を出して、清志郎さんに名刺を差し出そうとしたのだが、しっかり両手でつかみすぎて、おまけにへっぴり腰になって、名刺一枚渡すのにこんなに時間がかかったのは後にも先にもこのときだけであった。

名刺というのを作ったばかりで、どう渡していいかよくわからない清志郎さんって、可愛い人だなあと思った。まったくわざとらしくなく、たった一枚の名刺に振り回されっぱなしであった。

対談が始まっても、清志郎さんはすごい照れていた。私も対談中はずうっと清志郎さんの目を見られず俯き加減で言葉もひとつひとつ選びながら喋っていたのだが、何を話したかはさっぱり憶えていない。

対談が終わって、清志郎さんにひとつ言おうと思うことがあった。それは私の高校時代の友達のMのことで、Mは音楽業界で仕事をしていた。私はMが清志郎さんと一緒に苦労した仲間だったことをよく聞いていた。この際だから、私はMを介して清志郎さんともっと親しくなれればいいかなと軽い気持ちで、清志郎さんに「Mを知っていますか」と聞いたとたん、清志郎さんの顔が急にこわばったのだ。あ！これはいけないことを言ったのかな、聞くべきではなかったのかな、と思ったが、時すでに遅かった。

「ねじめさんはMと知り合いなんですか。私は嫌いです」と言い始めると、あの照れ屋の清志郎さんが私から目を離さずに攻撃的な声になって、次から次へとMのダメさを語り始めたのだ。このときに私は清志郎さんの本領を見た思いがしたのだ。やっぱりカゲキな人だったのだ。

私もかなりショックであった。あのMがなぜここまで言われてしまうのか。私の知っているMと、清志郎さんが思っているMとが違ってほしいと願ったりもした。

正直言って、二十五年前の清志郎さんとの対談以来、Mへの気持ちは変わった。Mとは距離を持ってつき合っている。清志郎さんの怒りに説得力があったからだ。

それにしても清志郎さんと対談をして以来、対談の仕事がきたときは共通の友人がいても迂闊《うかつ》に名前を出さないことにしている。

老舗の匂い

日本橋に出かけると、鰹節のにんべんに立ち寄ることにしている。にんべんに寄るのは「本枯節《ほんかれぶし》」を買いたいからである。乾物屋の倅《せがれ》の私が言うのだから間違いない。にんべんの本枯節は本物なのだ。本枯節は鰹節の中のホームラン王である。

私は以前、体調を崩して体重が十キロ近く落ちたことがあった。そもそも何で体重が落ちたかと言えば、それは自律神経失調症のせいで食欲が落ちて、食べる量がぐっと減ったからである。

体重は五キロ落ちたら、あっという間に十キロである。しかも、暑さ寒さを感じる神経のサーモスタットも狂ってきて、一年中冷えとの闘いである。

それは今でも同じである。家ではクーラーはつけない。レストランや喫茶店に入ってもクーラーが強ければ十分もいられないし、仕事の打ち合わせなどでどうしても喫茶店に入らなければならないときは「すいませんが、クーラーの温度を上げてください」と、気の弱い私が頼むほどである。

冬は冬で自宅でがんがん暖房しているのだが、足が冷えてくる。足からぞくぞくして、身体全部が冷えてきて、落ちついてテレビも見ていられない。我が家は建築家、東孝光氏に依頼して建ててもらった

「闘う家」なのに、とうとう我慢できなくなって去年の冬、ついに電気ゴタツを置いてしまったのだ。

冷え性の身体を内側から熱くするのがこの本枯節なのだ。

ぞくっと寒気が走ったら、本枯節のパックを開けて、汁椀に入れて熱湯を注いで飲む。身体も温まってくるし、脳まで活性化されるような気分になってくる。まったく食欲がないときは猫まんまである。温かいご飯に本枯節を刻みネギと一緒に乗せて、醬油をちょっとたらし食べる。どんなに食欲がなくても猫まんまだけは食べられるのは私が乾物屋の息子だったからにちがいない。鰹節はタンパク質の塊である。私の十キロ減った体重が元に戻ったのは本枯節のおかげである。私が本枯節と何度も書いていてもピンとこない読者もおられるだろう。では、ここで本枯節がいかにも凄いものであるかを説明する。

本枯節は焙乾《ばいかん》（いぶして乾かすこと）のあと、四回から五回カビ付けした鰹節のことで、鰹の不純物はカビでほぼ分解され、アミノ酸の旨味を凝縮させる。だから、本枯節のダシとふつうの枯節のダシの味を比べると、味はまったく違っている。ふつうの枯節のダシはこっくりした深みの奥に酢っぱさを感じるが、本枯節のダシはどこまでも透明な感じがする。味に出しゃばったところがひとつもないのである。

つまり、旨味は強いが、雑味がいっさいないので、強さを感じさせないのだ。いやはや、メジャーリーガーのイチローみたいなものなのだ。ガチガチに力が入らずに牛若丸のように軽々打っている。ボールに向かって力まずにバットが振りぬかれている味である。

にんべんの本枯節も江戸時代からやってきたことを当たり前のように今日までコツコツと作ってきているだけのことなのだ。当たり前の心意気なのだが、今、いちばん難しいのは当たり前のことを当たり前にやる心意気を持つことかもしれない。

そして、日本橋のにんべんに寄るたびに考えさせられるのは、老舗とは何かということである。このにんべんの女性店員さんたちの応対がのどかなのである。のどかというのは、のろいとか、のんびりではない。おっとり感があるのだ。それは江戸時代から流れている力《りき》まない応対というか、がつがつしていない応対というか、お客と正面に向かい合いながらも穏やかな、肩に力が入っていない空気が店全体に流れている。江戸時代のにんべんにもこれと同じような空気が流れていたと思わせるような風情があるのだ。

にんべんの店に入った右側に、鰹節を削る機械が回っている。その削る機械を回しているのはベテランの男性店員である。にんべんで買ったものでなくても鰹節を持ってくればサービスで削ってくれるのだ。鰹節一筋で江戸時代からずうっと商売をしてきたのだ。鰹節がこの世の中でいちばん偉いものだとにんべんで働く人たちはずっと思い続けてきたのである。何が何でも鰹節が偉くて、お客さんが偉くて、我々は鰹節のために、お客さんのために生きているという思いが店全体から見事に伝わってくるのだ。日本橋でも数少ない老舗の匂いのする店である。

ここですばらしい歌を紹介することにする。その歌は、名子役加藤清史郎が歌っている「かつおぶしだよ人生は」である。こぶしがきいていて、猫もうっとりするほどの猫まんまソングである。全国でヒットしつつある。ひまさえあれば歌っているねじめである。

男の母性本能

演歌歌手、氷川きよしがすごい人気だという。演歌界のプリンス、貴公子と呼ばれ、中高年女性はもちろん、若い人にまで人気を拡げているという。

そういえばわが家でも、木曜の夜は何となくNHKの『きよしとこの夜』にチャンネルを合わせていたし、ロックしか聴かないうちの娘も、母親に叱言《こごと》を食らって「ヤダネったらヤダネ〜」なんて鼻歌を歌っているし、この私ですら「きよしのズンドコ節」と「箱根八里の半次郎」は何故かカラオケで歌えたりする。

氷川きよしは浸透力が高いのである。知らないうちにじわじわと人の心に浸透して、気がつくと口から氷川きよしの歌の一節が流れ出している。

たしかに歌がうまい。テレビで見る本人も、明るくて人のいい隣のお兄ちゃんという感じで好感が持てる。だが、それだけで氷川きよしのあの驚異的な浸透力は説明できない。

何故だ、何故なんだ……という疑問が昂じて、気がつくと私は秋たけなわの夕暮れ、人波に混じって日本武道館への道を歩いていたのであった。十月一日午後五時開演の、「氷川きよしデビュー10周年記念コンサート～歌・命～」を観て、その答えを見つけようというのだ。

九段坂を登る道筋には、お濠《ほり》を背景に、きよしグッズの屋台がずらりと並んでいる。チケット争奪戦に敗れたのか、「チケット譲ってください」のボードを持った女性もいる。武道館に向かう人波は圧倒的に中高年女性だが、五十代、六十代の男性の姿もチラホラ見える。男性は一人できている人もいるが、女性ファンは仲間連れが多い。

武道館の門を入ると、テントを張って公認グッズ売り場が設けられていた。

「いかがですか、カセットテープもありますよ」

今どきのコンサートでカセットテープが売られていることはまずない。これも氷川きよしのファンの年齢層が広い証拠である。杖をついたおばあさんが、目配りよろしくグッズを見つくろっている。通い慣れたるコンサートという感じだ。コレは持っている、コレも持っていると確認しながら品定めする立ち姿から、氷川きよしのコンサートのために生きている情熱がビンビン伝わってくる。このおばあさんは氷川きよしのコンサートのために積立貯金をしているに違いないと思えてくる。

武道館入口の左側には、各界から贈られた花がずらりと並んでいる。女性たちが花をバックに記念写真を撮っている。

「あら、北野武よ」

「当然よ。きよしちゃんの名付け親ですもん」

女性たちは花の贈り主と氷川きよしの関係をよく知っているのであった。あのテレビ局はきよしちゃんがレギュラーだから、あのタレントはきよしちゃんと○○で一緒だったからと、知識を披瀝しながら記念写真を撮る。

私の席はアリーナだった。階段を下へ下へと降りて席に座ると、『ＮＨＫ歌謡コンサート』『ＮＨＫ紅白歌合戦』の司会者を務め、今はフリーで活躍しているアナウンサーの宮本隆治さんが私の隣の椅子に座っていた。

「どうもねじめさん、お久しぶりです」

「どうもどうも、こちらこそご無沙汰してましして」

挨拶したものの、宮本アナウンサーは、氷川きよしコンサートに何故私がきたのか不思議な顔つきだ。

「ねじめさんは、氷川さんとはどんなご関係ですか」

「とくに関係はないんですが、今日は氷川きよしの人気の秘密を探ろうと思ってやってきました」

それにしても、氷川きよしの魅力を探るにあたって、宮本アナウンサーほど強力な取材源はいない。さっそくインタビューすると、「氷川さんは男の母性本能をくすぐるんですよ！」と、のっけから強烈なコトバが返ってきた。「氷川さんは、ＮＨＫの歌謡番組があるときは必ずトイレで発声練習をするんですよ」と、眼を細めてそんな話もしてくれる。歌謡界に詳しい宮本アナウンサーがそれほど惚れ込む、氷川きよしのステージへの期待がグングン高まってくる。

開演五分前になった。私はさっきから、前に座っているご婦人方が手に持っているペンライトが気になってしようがない。値段はいくらぐらいするのか知りたくて、聞こうか聞くまいかと迷っていたら、「それ、おいくらするんですか」と宮本アナウンサーが聞いてくれるではないか。アリガタイ。

ハート形のと、丸いのと、花形で真ん中に「10」と書いてあるのと、ペンライトを三つ持っているご婦人が、宮本さんに嬉しそうに「コレが千八百円、コレも千八百円、この10周年記念のだけは三千円！」と答えてくれたのだ。

「コンサートのたびに買うんですか」

「そうよ」

「でもコンサート以外、使い道ないですよね。非常灯にするわけにもいかないし」

宮本アナウンサーのユーモアたっぷりのおしゃべりに、ご婦人方は笑い転げている。おっと、会場の照明が消えた。いよいよコンサートの始まりだ。

アガペーの愛

氷川きよしデビュー10周年記念コンサートのオープニングはシュールであった。暗い中、正面スクリーンに宇宙の影像が映る。カメラがぐーっと寄って、宇宙を進む隕石《いんせき》を捉《とら》える。回転する隕石カプセルの中で眠っているのは氷川きよしである。

「きよしーっ!」「キャーーッ!」

客席から黄色い声が上がる。本人が出てくる前から客席のテンションは高まる一方だ。舞台中央にカプセルがせり上がってきた。桃太郎の桃よろしく、ぱっくり割れたカプセルから銀色のマントに身を包んだ氷川きよしが登場する。それにしても、全身をすっぽり覆《おお》うあの銀色のマントは……、おお、星の王子さまだ！　サン＝テグジュペリの『星の王子さま』が氷川きよしになって武道館降臨だ！

客席はご婦人方の声援の嵐である。最初の曲「夢銀河」が始まる。客席のペンライトがいっせいに点灯する。ピンク、白、青の光の点々が客席を埋め尽くす。緊張しているのか、氷川きよしの表情が硬い。その氷川きよしを励ますように、ペンライトが右に、左に揺れる。私の前の席のご婦人方も、ペンライトを持った両手を高く掲げて、左右に動かしている。

「夢銀河」が終わり、挨拶になった。「心を込め、魂を込め、命を込めて歌います」という挨拶の声がまだ緊張している。声援がひときわ高くなる。挨拶のあとは、女性への想いを歌った「女性」シリーズ六曲が続く。氷川きよしの歌は、演歌なのに「女」シリーズではなく「女性」シリーズなのだ。演歌伝統の、粘りつくような「女」の情念ではなく、爽やかな、どこかさっぱりした「女性」を歌うのが氷川演歌なのだ。この清潔感、この爽やかさ。氷川演歌は、演歌でありながら性の匂いがまったくない。氷川演歌には恋はあっても性はなく、愛もエロスというよりはアガペーと言いたい愛である。

男性アイドルでありながら性の匂いをさせない氷川きよしは、女性ファンをどのように惹きつけているのか？　そのひとつが、「健気《けなげ》さ」であることは間違いない。若い男の健気さは、宮本隆治アナウンサー言うところの「母性本能」をくすぐる。その証拠に、私の隣に座った宮本アナウンサーは、四曲目あたりで早くも涙ぐんでいる。男の母性本能がくすぐられまくり、刺激されまくり状態なのである。

かく言う私も、舞台が進むにつれて氷川きよしの歌唱に引きずり込まれていく。挨拶で「心を込め、魂を込め」と言ったのはセールストークではなかった。本当に魂を込め、命を込めて歌っていた。そのありさまが健気なのだ。そんなふうに一曲一曲に魂を込めていたら、魂がすり減って早死にしてしまうんじゃないかと心配になるほどであった。

じっさい、あれは何曲目だったか、氷川きよしが精根尽き果ててフラフラになり、顔つきが老人のように変わったのを私は見た。幸いそのあとすぐに暗転となり、西寄東《にしよりひがし》（氷川きよしのショーでおなじみの司会者）の長めのトークになったからよかったが、あのまま舞台が続いていたら、氷川きよしは終演後、救急車で運ばれていたのではないだろうか。

ファンが惹きつけられるもうひとつの魅力は、氷川きよしが武道館に集まったお客さんの一人一人と、きちっと関係を取り結ぼうとする真摯な姿である。氷川きよしは自分からお客さんに近づいていく。広い武道館のいちばん奥、いちばん隅のお客さんにも自分が見えるよう、右に、左に、前に、後ろに、まんべんなく動く。中でもリフトは圧巻であった。上手《かみて》のリフトに乗って二階席と同じ高さまで上がり、二階席最前列のお客さんと目の高さを揃えて歌う。さらに三階席まで上がり、三階席のお客さんとも目の高さを揃えて歌う。手を振り、お辞儀をして、また手を振る。リフトが下がると、今度は歌いながら下手《しもて》側に行って同じことをする。

氷川きよしがすばらしいのは、そうした動きがお客への媚《こ》びになっていないところである。感謝と媚びを峻別して、お客に甘えず、お客さんから頂いた分をきっちりお客さんに返そうとする。きっちり返すには、心と魂と命を削らなければならないが、氷川きよしはそれを当然のこととして舞台を務めている。氷川きよしは、今自分の目の前にいるお客さんを大切にしているのだ。演歌歌手だから年配のファンが多いが、これから先お客さんが年取ったらどうなるのだろうとか、若いファンを増やそうとか、そんなよけいなことは眼中にないのだ。そして、お客もそれがわかっているから、氷川きよしを心から愛するのだ。

コンサートが終わり、人波に揉まれながらアリーナから一階へ上がる階段へさしかかると、杖を小脇に抱えたおじいさんがニコニコしながら私の横をすり抜けて上がって行った。氷川きよしの歌を聞いて元気になり、杖が要らなくなってしまったのだ。おじいさんの背中を眺めながら、氷川きよしとファンの関係は、歌手とファンの関係のひとつの理想かもしれないと思った。

母のリハビリ

私の母が家の中でまた転んだ。ひと月ほど前のことだ。今度は弟と弟の嫁さんがいたので、二人で上手に助け起こすことができた。とはいうものの、母は転んだ拍子にぶつけた腰が痛み出し、夜には熱も出てきて、しばらくの間ベッド暮らしを余儀なくされることになった。右手右足のきかない母は、ベッドからトイレに行くにも時間がかかる。息はーはー言わせながら上半身を起こし、息はーはー言わせながらやっとこさベッドを下り、用意の手押し車につかまって一歩歩くにも息はーはーでトイレにたどり着き、やっとこさ用を済ませ、やっとこさ手押し車を押して、息はーはー言わせながらベッドに戻り、息はーはー言わせながらベッドの上に上がって、やっとこさ横になる。これだけするのに三十〜四十分かかるのだ。

腰の痛みは薬で引いてくると思っていたのだが、一週間たっても引いてこない。熱も下がらず、トイレに行くのが辛そうなので、ポータブルトイレを買ったのだが、母親はポータブルトイレを使おうとはせず、息はーはーしながらトイレに行って頑張って用を足す。病気になっても相変わらず強情っぱりの母ではある。

考えてみれば、私の母は前向きな人だ。父の看護、介護を、合わせて二十三年間やった。その経緯は私が『二十三年介護』という本にまとめた。私の父が五十七歳で脳溢血で倒れ、その十年後に今度は脳梗塞で倒れ、七十九歳で亡くなるまでの二十三年の間、母が何を考えながら介護してきたかを、母親と私が交互に手記のかたちで書いた本である。

手助けもほとんどなしで二十三年間も介護したというと、気丈で献身的な妻像が思い浮かぶが、母はそんなご立派な女性ではない。母は自分のペースで父の介護ができたから二十三年間もやれたのだ。病院の介護から在宅介護になったとき、母は張り切った。医者に指図されないのが何よりもうれしそうであった。それからというもの、父の介護は全部自分の判断でやった。その判断が間違っていなかったという自信も持っていた。だから自分の病気も自分で判断するのだ。

そういう人間なので、母は自分が病気になったときも、弟や私の言うことよりも自分の考えを優先する。もちろん医者よりも優先する。例えば、ここ一、二年悩まされている右手右足のマヒは、五年前にやった乳がんの手術が原因だと言い張るのだ。乳がんの後遺症だと主張して、断固譲らないのだ。日に日にマヒが強くなるようなので、私は脳を調べてもらったほうがいいと思い、しぶる母を大学病院に連れて行った。ところが、大学病院で診察してくださった脳神経外科のA先生がある難病の権威だと知ると、母は勝手に自分がその難病にされてしまったと思い込み、「A先生の治療を受けるなら、死んだほうがましだ」と言い出すのであった。「正一は私を難病にしたいのか」とまで言うのだ。これにはマイッタ。母はわがままであった。

結局、右手右足のマヒの原因はわからなかった。乳がんの後遺症とは考えにくく、やはり脳ではないかというので、セカンドオピニオンを聞くために別の病院にも行ってみたのだが、そこでもやっぱり病名は特定できなかった。母は「それ見たことか」と言わんばかりの顔つきであった。自分が正しいことが証明されたと思っているようであった。

今、我々息子たちが母にいちばんやってもらいたいのはリハビリである。若い頃からの店番の立ち仕事のせいで、母の両膝の軟骨はすり減っている。そのため、膝が痛むことがあっても、リハビリなんかでは治らないと思い込んでいるのである。私は弟と話し合い、この際だから、母の腰の痛みがとれたら療法士の先生に自宅にきてもらおうと決めた。

二ヵ月前から一週間に二回、看護師と療法士の先生が実家にきて母のリハビリを指導してくれている。母がすんなり我々の言うことを聞いてくれるかどうか不安だったが、母はリハビリを「やる」と言う。これには驚いた。「おふくろ、どうしてリハビリをやる気になったんだよ」と私が聞くと、「長嶋さんだよ」と母が言う。NHKの『ONの時代』という番組に出演したミスター、長嶋茂雄さんがインタビューに答えて、「テレビに出るのを反対する人もいるけれど、私は元気な長嶋だけでなく、今の私も皆様に見てほしい」と言った。その言葉に感動して、長嶋さんが頑張っているのだから私もリハビリをやろうと思った、と言うのだ。

いやはや長嶋様々である。

リハビリを始めてまだわずかであるが、母はベッドからすぐに起き上がることができるようになったし、手押し車を押す姿勢もよくなってきている。長嶋さんに感謝しつつ、母の足に少しでも筋肉がついてくることを願っている。

高円寺の火事

朝、ヘリコプターの音で目が覚めた。昨年（二〇〇八年）の十一月二十二日のことである。目が覚めたくらいだから一機や二機ではない。これほどたくさんのヘリコプターが飛んでいる音を聞いたのは初めてだ。何か大事件が起きたのかと思った。ぼうっとした頭でテレビをつけると、現場中継で火事のニュースが流れている。アナウンサーが「杉並区高円寺の雑居ビルで……」というのを聞いてヘリコプターの謎が解けた。私は今、高円寺の隣町の阿佐谷で生活している。高円寺の大火事なら、わが家の上をヘリコプターが飛び交うのも当然である。

私はテレビを食い入るように見た。だが、火事が高円寺の北口なのか、南口なのかよくわからない。と、商店街のアーケードが映った。高円寺南口のパル商店街だ！　テレビを見ていると、情報が次から次へと入ってくる。どうやら火事は朝九時過ぎに起こったらしい。火元はパル商店街にある雑居ビル二階の居酒屋で、あっという間に店内に燃え広がったようだ。

あのあたりには思い出がある。今でこそパル商店街などと小洒落《こじゃれ》た名前になっているが、私の子ども時分は平々凡々たる高円寺南口商店街であって、その中ほどに信州屋という肉屋があった。私はそこの息子のＫクンと同級生だった。信州屋のおやじさんはプロ野球巨人軍の後援会に入っていて、肉屋の二階でやっているすき焼き屋に選手たちを呼んではすき焼きをふるまっていた。当時は牛肉はご馳走で、巨人の選手といえども喜んで食べにきたのであった。Kクンは野球が下手だった。私は巨人軍の選手と会わせてもらいたい一心で、店の裏でKクンに野球を教えた。毎日毎日教えたのにKクンはちっとも野球が上手くならず、イライラした私はKクンを殴ってしまって、翌日先生に呼び出しを食らったのであった。

Kクンとはそれがきっかけで仲よくなり、お互いの家に行き来するようになったが、残念なことに二十代の若さで脳溢血で亡くなってしまった。その信州屋が火事の現場のすぐ近くだった。そんなことを思い出していたら居ても立ってもいられない気持ちになって、わが家から歩いて十五分ほどのパル商店街に出かけてみることにした。

行ってみると、火事現場近くは野次馬でごったがえしていた（私も野次馬のひとりなのだが）。あたり一面に火事場独特の燻《いぶ》り臭いニオイがただよっている。火元の居酒屋が入った雑居ビルは、一階にラーメン屋と韓国料理屋が入っている。どちらも外から見ると燃えた形跡はないが、天井はどうなっているかわからない。それより、同じビルの地下にライブハウス「２０００Ｖ」が入っているのには驚いた。というか、「２０００Ｖ」の入っていたビルが燃えたのか、というのが実感だ。「２０００Ｖ」は高円寺ではかなり老舗のライブハウスで、私は行ったことはないが私の娘は知り合いのロックバンドが出るからとよく聴きに行っていた。ライブのあと、「２０００Ｖ」の上の居酒屋で打ち上げをやったと言って朝帰りしやがったこともある。火元の居酒屋が火を出したのは朝の九時過ぎだというから、娘たちが打ち上げをやった店に間違いはあるまい。私の娘だけでなく、高円寺を拠点にしているロッカーにはショックが大きかったにちがいない。

それにしても私は高円寺を出てから、四十年になる。今から二十年ほど前にはパル商店街にも何人かの同級生がいたが、今はたったひとりYしかいない。Yは商売をやっていたが、今はやめて、ビルにして貸している。

たったひとりの同級生のYにこの火事のことを聞いてみた。

「高円寺でこんな大きな火事って今まであったっけ」

「なかったよな。ビルから飛び降りたり、人が四人も亡くなったし、病院にも相当入院したよな。ねじめのいた高円寺の北口でもこんな大きな火事はなかったよな」

「ないない」

「オレのビルにも、居酒屋が入っていて、火事になった居酒屋の十軒ほど先にあるんだけど、アーケードって煙突状態になっているから、煙が凄くて、そのままオレのビルの中にも煙がもうもうと入ってきて、お客の中にはオレのビルの居酒屋が火事になったと思って、備えつけの消火器を持ち出してきて、中味を出して店の中は消火剤でまっしろになってしまって、狂乱状態だったんだ。アーケードって煙がいちばん恐いよな」

私はその通りだと思った。Yは自分のビルの居酒屋が火元ではないのに、火元だと思って消火器を持ち出したり、狂乱状態で逃げ惑うお客の姿に、かなりのショックを受けていた。「今のビルは放火も恐いんだ。通路には段ボールは置かないようにしているし」と貸しビル業もなかなか大変なようだ。

火事から四日ほどして私は改めて高円寺の火事の現場にいってみた。そうすると、献花台が置かれてあって、花束が高く積みあげられていた。火事は本当に恐い。高円寺の火事以来、だらしない私も仕事場のすべてのスイッチを指差し確認するのである。

ねじめのネズミ

私の仕事場はねじめ民芸店の二階であるが、このところ、ネズミがよく出る。商店街の店が不景気で商売をやめていき、空き家と増改築が増えて、ネズミの行き場がなくなって、ねじめ民芸店にどんどん押し寄せてくる。私の仕事場にもネズミ捕りを仕掛けているが、なかなか捕れるものではない。粘着式のネズミ捕りにかかるのは小さなネズミばかりで、深夜になると天井を大ネズミがどすんどすんと走り廻っている。昔ながらのカゴ式ならいざ知らず、粘着式のネズミ捕りでは大ネズミはなかなか捕れるものではない。

考えてみれば、商店街で育った私にはネズミはお馴染みであった。子どもの頃、一家四人で食事をしていた茶の間にネズミが走り込んできて、私のズボンの中にもぐり込んだこともあったし、店先で見かけたドブネズミも猫ほどの大きさがあって、石を投げたぐらいでは動じなかった。

ウチのオクサンはネズミと聞いただけで、うわわっー！　と叫び声をあげるほどである。オクサンほどではないが、私もネズミは苦手である。ネズミ捕りで捕まえて仔ネズミぐらいは処理できるが、親ネズミやドブネズミとなってはまったく自信がない。

先日、深夜、原稿を書いていて、トイレに行こうと隣の部屋に入ったら、階段脇に握りこぶしを二つ合わせたくらいの大ネズミがうずくまっていて、逃げようともせずに私の顔をじいっと見ているではないか。私は完璧に大ネズミに舐《な》められたのだ。私が何もできない気の弱い男だということを本能的に察知しているのだ。

だが、待てよ。よくよく見ると、このネズミはだいぶカラダが弱っているようにも見える。私はとりあえず右足で床をどんとたたいてみた。ネズミはまったく逃げようとしない。今度は両足でどどどんと音を立てると、さすがにネズミは階段をするすると走って、一階のねじめ民芸店のほうに逃げていった。

だが、走っていくネズミの後ろ姿はネズミらしい俊敏さに欠けている。あきらかに弱っている感じである。

私は勝負に出ることにした。あれくらい弱っているなら、大ネズミでも捕まえられるような気がしたのだ。新しい粘着式のネズミ捕りを二つ持ってきて、店の長い通路に離して敷いた。

あとは長年の私のネズミ体験だけが頼りだ。

私は階段を上がってトイレを済ませ、ネズミのことはとりあえず忘れてパソコンに向かった。だがしかし、ネズミのことが気になって気になって仕方がない。十五分ほどは我慢したがどうにも気になって店に下りると、ばたばた暴れる音がしてきた。すさまじい音だ。ネズミが粘着式ネズミ捕りにかかって暴れている。暴れれば暴れるほど、手足がどんどんひっついて、自由がきかなくなるというわけである。しばらく待つと音が聞こえなくなった。ところが、私がそばに近づくと、激しい勢いでまたばたばた暴れ出した。こうなったら待つしかない。

あれ、音がしなくなってきた。ネズミが粘着剤にがんじがらめになって、疲れておとなしくなったのだ。ネズミ捕りを素早く閉じて押さえつけ、ネズミ捕りごと袋に入れて、その上からガムテープを巻いていたら、左手の中指にカミソリで切ったような痛みが走った。

ネズミに咬《か》まれたのだ。生まれてはじめての体験だ。傷口から血がどくどく出てきた。なかなか止まらない。傷口を水道水で洗っていたら、携帯電話が鳴った。「あなた、お店のテーブルの上にどら焼きを忘れてきちゃったのよ。ネズミが齧《かじ》るといけないから、家に戻るときに持って帰ってきてね」とオクサンの声である。

「あのさ、どら焼きを齧られる前に、指をネズミに咬まれちゃったんだ。参ったよ。血がすごいんだ」

「え、ネズミ！　やめてよ、そんな話」

うちのオクサンはネズミに咬まれた私の心配よりもネズミという言葉を聞いただけで気持ち悪がって、携帯電話を切りたがっているのがわかった。私が電話を切ると、すぐにまた携帯が鳴った。「ねじめ先生、原稿の進行具合どうでしょうか」と編集者のY君から原稿の催促の電話だ。私が「遅くなってごめん。今、ネズミに咬まれちゃって」と言うと、「破傷風が恐いので、すぐに病院に行かれたほうがいいですよ」と慌て声で助言してくれた。

そうか！　破傷風か！　私は携帯電話を切ると、すぐに近所の救急病院に行ったが、急患が担ぎ込まれたとかで診察を断られてしまった。

やむなくタクシーを飛ばし、中野にある救急病院に行って、ネズミに咬まれた傷口の手当てをしてもらったが、まさしくY君が言っていた通り、医師から「用心のために破傷風の注射を打っておきましょう」と言われ、一ヵ月後と一年後に再度注射を打ちにくるようにと指示を受けた。

それにしても、小学校の頃の私のあだ名はネズミであった。「ねじめがネズミを咬んでチュー」とクラスのみんなによくからかわれたものだが、「ねじめがネズミに咬まれてチュー」になってしまうとは思ってもみなかった。

二十億光年の孤独

『婦人公論』の二〇一〇年一月二十二日号で谷川俊太郎さんと上野千鶴子さんが対談していた。

そのときの谷川さんの写真がジャケット姿であった。谷川さんらしくないので、ひょっとしたら編集部の方から「谷川さん、すみませんが、新年号なので、このジャケットを着てください」と頼まれたのかと思った。

私の家は中央線沿線の阿佐谷であるが、谷川さんの家とは近い。そんなことで、谷川さんの姿を近所で見かけることが多い。ふだん見かける谷川さんの姿は、夏場はほとんどTシャツに短パンである。秋が深くなっても、Tシャツ姿のこともある。冬場もモノクロを基調とした軽装である。あの格好で寒くないところを見ると、谷川さんはよほど身体の新陳代謝がいいのだろう。

谷川さんはねじめ民芸店にも買い物にくることがあるが、谷川さんが買い物を終えて帰ったあとに「あの人は詩人の谷川俊太郎さんだよ」とアルバイトの女の子たちに言うと、「えーっ！　谷川俊太郎さんってまだ生きているんですか。石川啄木や宮澤賢治と同じ時代の詩人じゃないのですか」と驚き顔の反応が返ってくる。谷川さんの詩が教科書に長く載っているので、歴史上の人物みたいに思っているのだ。

いささかガックリしながら「鉄腕アトムの歌を知ってるだろ。あの歌の作詞は谷川俊太郎さんだし、フランク永井が歌った歌でレコード大賞の作詞賞も取っているんだぞ」とさらに言うと、レコード大賞作詞賞のほうはまったく興味を示さずに、鉄腕アトムには「ええっ、ウソ！　あの歌は私も知っています。ラ、ラ、ララーラララーで始まるんですよね」と口ずさんだりする。

考えてみれば、私が谷川さんという名前を初めて聞いたのは私の叔父さんからである。叔父さんは谷川さんと豊多摩高校時代にいっとき同級生であった（谷川さんはのちに豊多摩高校を中退して、豊多摩高校の定時制に通うことになる）。叔父さんは同級生の頃に何度も谷川さんの家に遊びに行ったことがあって、脈絡なしに自慢げに谷川俊太郎という名前を出してくるのだ。

そして、谷川さんの存在を決定的にしたのは私の母親だった。私の母親はとにかく谷川さんの大ファンなのである。

それというのも、亡くなった父親が初めて母親にプレゼントしたのが谷川さんの第一詩集『二十億光年の孤独』だったからである。母親はその詩集をいつも時代簞笥《じだいだんす》のいちばん下に大切にしまっていた。我が家には私がもの心ついた頃には『二十億光年の孤独』があったのだ。

我が家が高円寺から阿佐谷に引っ越したときも母親は『二十億光年の孤独』を宝物のように持ってきた。母親は谷川さんが阿佐谷に住んでいるのを知っていて、ねじめ民芸店にきたらサインしてもらおうと、風呂敷につつんだ詩集をレジの上の棚に置いて待ち構えていたのだが、現実に谷川さんが店にあらわれるとサインのサも言えなかった。

その頃には私も詩を書いていた。現代詩を世の中に認めさせるには相当に目立つ詩を書かなければいけないと覚悟して、それまでの作風とは違う、下品で卑猥でオゲレツな詩を書きはじめた時期であった。それが見事に詩壇の顰蹙《ひんしゅく》を買ったわけだが、母親は私の詩がイヤでイヤでたまらない。「正一の詩を親戚のYちゃんが読んで、あんな詩を書かせておいていいのかと言われたわよ」とか、「恥ずかしくて店番できないから、あんな詩を書くのはやめて」と文句を言いつづけていた。母親と店番をしているときに、谷川さんが買い物にくると、「正一、奥に引っ込んでいなさい。お前みたいな汚い詩を書く人間は谷川さんに失礼だから」とまで、母親は私に言うのであった。もちろん私は奥に引っ込まずに、詩のほうも妥協せずに糞尿譚よろしく書いて書いて書きまくった。詩壇の顰蹙を買ったそういう詩を誉めてくれたのが谷川さんであった。

そんなことから谷川さんとのお付き合いが始まり、ある日光栄にも一緒に食事をすることになった。私は母親に黙って『二十億光年の孤独』を持ち出して、谷川さんにサインしていただいた。谷川さんのサインの入った詩集を母親に渡して、一緒に食事をしたことを話すと、母親は「正一の詩はなかなかみんなに理解してもらえないところが逆にいいのよね」と見事に手の平を返したのであった。

谷川さんと知り合って二十年以上経つが、今でも町でバッタリ会うと、そのたびに初めて会った感じがする。

新鮮というか、風のようにというか、何度も会っているのだが、初めてなのだ。

谷川俊太郎さんは身軽なのだ。

服装と同じように、余計なものを着ていない。

くっつけていない。

母親に「おふくろが死んだときにはサイン入りの『二十億光年の孤独』を棺の中に入れてあげるから」と言うと、

「お願いしますよ」と母親は素直ににっこり笑うのである。

わが家の五十七歳

まだ正月気分の残る一月十八日、ポストからスポーツ新聞を出したら、「小林繁氏（57歳）急死」の文字が目に飛び込んできた。

小林繁といえば、社会的関心を集めた「江川問題」の一方の当事者であり、プロ野球を引退してからもスポーツキャスターやコーチとして活躍していたから、急死の報には驚いた。何より五十七歳というのがショックだった。

わが家では、男の五十七歳は大厄年である。父方の祖父は五十七歳のとき疎開先の山梨で亡くなり、母方の祖父は肝臓を悪化させて、五十七歳で亡くなった。私の父は、命はとりとめたもののやはり五十七歳で脳溢血で倒れた。

そんなわけだから、私にも何かあるに違いないと五十歳を過ぎた頃から怯《おび》えていたら、案の定であった。忘れもしない五年前の夏、五十七歳の誕生日を迎えてまもなく、私は日頃の悪行《あくぎょう》に堪忍袋の緒が切れたオクサンから三行半《みくだりはん》を突きつけられ、家に入れてもらえなくなったのだ。しかたなく最小限の手荷物だけで地元の安ホテル住まいをはじめた。

当時は時代小説を書いていて資料が必要だった。仕事場のねじめ民芸店の二階に資料を取りに行きたいのだが、店にはオクサンがいる。

そこでオクサンがいなくなる閉店後まで待って出かけると、中杉通りに面した裏口にオクサンの自転車が置かれている。

これは明らかにオクサンがいる証拠だ。まずい！　見つかったらまずい！　私は通りの向かいのフレッシュネスバーガーの二階の窓際に座って、オクサンがいなくなるのを待つことにした。ところが、一時間たっても二時間たっても、オクサンはねじめ民芸店の裏口から出てこない。自転車もちゃんとそのまま残っている。三時間ほどすると、やっとオクサンがねじめ民芸店の裏口から出てきて、私が見張っているのにも気づかず、自転車に乗って自宅方向へ帰って行った。どうやら帳簿付けでもやっていたらしい。

私は急いでフレッシュネスバーガーを出ると、中杉通りを渡って、ねじめ民芸店の裏口の鍵を開けて、二階の仕事場に上がって、袋の中に資料を詰め込んで、またまた中杉通りを反対側に渡り、路地にとめておいた自転車の籠《かご》に資料の袋を入れて、ホテルに向かったのであった。

そういう生活を二ヵ月も続けていると、体力も精神力もどんどんバテてくる。仕事のほうも、いつも使っているパソコンがないので、原稿用紙に書くことになる。久々の手書きなので時間がかかるといったらない。やっとの思いで四十枚の小説を仕上げ、深夜、仕事場からファックスで送るためにホテルを出た。原稿を自転車の籠の中に入れていざ走り出すと、その日はたまたま風が強く、籠に入っていた原稿が吹き飛んで、ひらひらと青梅街道のほうに飛んでいくではないか。

私は焦《あせ》りに焦った。

原稿はコピーも取っていない。なくなってしまったら、また最初から書かなければならない。そう思うとほかのことは考えられなくなり、自転車から慌てて降りて歩道の柵を乗り越え、ひらひらとさらに青梅街道のあちこちに飛んでいく原稿用紙を追っているうちに、ぶーぶーぶーというクラクションの音がした。その音で、私は自分が青梅街道のど真ん中に突っ立っているのに気がついた。

ひらひら飛んでいく原稿だけしか目に入らなかった私は、危うく車にはねられるところだったのである。我に返った私は車がいなくなるのを待って原稿を一枚一枚拾い、四十枚ぴったり取り戻した。それをファックスで出版社に送って自転車でホテルに戻ると、体が熱っぽかった。風邪でも引いたのかと思ってフロントに行き、体温計を借りて測ってみると四十度近い熱であった。イヤな予感がして近くの救急病院に行き、血液検査をしてもらったら、白血球の数値の高さに驚かされた。

医者に即入院するように言われたのだが、即入院と言われても家を追い出されている身なので保険証ひとつない。やむなく娘に連絡して事情を話し、入院の準備をすべて頼んだ。生まれてはじめての、二週間の入院生活であった。

そういえば、入院する前に体調に異変はあった。体重が十キロ以上減り、パーティなどで担当編集者に会っても、私に気がつかないで素通りされる。シカトされたとばかり思って頭に血を上らせていたが、私の見かけが変わってわからなかっただけなのであった。

幸いというか何というか、入院のおかげでオクサンの恩情を得た私は、無事わが家へと戻ることができた。

それにしても男の五十七歳という年齢は、肉体的にも精神的にも曲がり角なのかもしれない。長年の疲れがどっと押し寄せてきているのだが、仕事に脂《あぶら》がのっている時期でもあり、本人は気づきづらい。

ねじめ家のことを考えると、私の弟が今五十五歳であるからして、五十七歳になるにはあと二年しかないし、で、私の息子は三十四歳であるからして、五十七歳になるまでにはあと二十三年しかない。皆、何とか無事に五十七歳を超えてほしいと願っている。

前衛の寒さ

冬は憂鬱だ。

家に帰りたくない。と言っても私に疚《やま》しいことがあるわけではない。それどころか私だけでなく、うちのオクサンも家に帰りたくない。二人して「家に帰りたくないなあ」と呟《つぶや》きながら家に帰っていくのだ。家の玄関の鍵を開けながら「家に入りたくないなあ」とまた二人して呟いている。ここまで読むと、我が家に幽霊でも住みついていると勘違いする人もいるかもしれないが、家に帰りたくないのは幽霊のせいではなく、家の中が寒いからだ。それも半端な寒さではない。

我が家は、私が詩の恩師である鈴木志郎康さんの住んでいる前衛建築の家に憧れ、いつかあんな家に住みたいと思って、四十六歳のとき建築家に「阿佐谷で一番闘っている家にしてください」とお願いして設計してもらった家である。床暖房もヒーターも備わっているのだが、冬場に一週間ほどリビングの温度を測ってみると、平均気温、朝方は8℃、昼間は9℃、夜、家に帰ってきた九時に7℃。ここから暖房をフル回転にして、四時間後の深夜一時にやっと10℃まで上がる。我が家の中心は二階のリビングである。その二階が一番寒いとなると、これはどうしようもない。

朝起きてリビングに行くと息の白いときもある。暖房していてもちっとも暖まらないから、セーターの上からジャンパーを着ている。冬場の我が家は憩いの場、癒やしの場ではなく、冷えとの闘いの場である。今は家を出て外で暮らしている息子も娘も「実家は寒すぎて冬場はあまり帰りたくない」と言うほどである。

寒さの原因は吹き抜けである。三階建て、ほぼ立方体の我が家には、中央に煙突状の吹き抜け（一階から三階まで）、西南角に四角い吹き抜け（二階から三階）があって、暖かい空気がどんどん上にあがっていくのだ。上にあがった空気を下に戻そうと扇風機を回してみたこともあったが、冷たい空気が部屋中をぐるぐる回るだけで、よけい寒さがこたえる始末だ。

そんなわけで、数年前から冬はリビングにコタツを置いている。テレビの前にでででーんと置いて、夜の食事もコタツで済ませる。食べ終わったコタツの上の皿などを流しに持っていくのもたかだか四、五メートルほどの距離であるが、覚悟を決めてコタツから出る。一階のトイレに行くのも寒いので、我慢に我慢を重ねてやっと行く。コンクリート打ちっ放しの前衛建築の家にコタツが似合うとか、似合わないとか、もうそんなことはどうでもいい。前衛もへったくれもない。コタツの温もりだけが我が家の救いなのだ。「阿佐谷で一番闘っている家」は四十代はいいが、還暦過ぎるときつい。前衛の寒さはきつい。

こうなると、ついテレビのリフォーム番組を見てしまう。リフォームで吹き抜けの家になって喜んでいる家族を見ると、気の毒でならなくなる。

そんなある日、録《と》りためたビデオを整理していたら、建築家の伊東豊雄さんの番組が出てきた。伊東豊雄と言えば、我がふるさと高円寺に「座・高円寺」というすてきな劇場を設計してくれた人だ。私は、「座・高円寺」の開館ライブで朗読をやっている。ふむふむ、そうか。建築家はこんなふうに人の意見も聞きながら設計しているのか……と眺めているうちにピカッとひらめいた。そうだ！　家が寒ければ、私の家を建ててくれた建築家にざっくばらんに相談すればいいのだ。遠慮なしに「寒いです」と言って、いい方法を考えてもらえばいいのだ。

翌日、さっそく電話をかけた。電話の向こうで落ち着いて私の話を聞いてくれる建築家がいた。

「平均気温は冬場は８℃から９℃ぐらいです」

「そうですか。それでは外壁から調べてみましょう。それから吹き抜けのところはガラスでおおうのは難しいですから、アクリルでおおってみましょうか」

「アクリルっていいですね」

「それよりもまず、暖かな空気がどのように流れなくなってしまっているのかを調べてみましょう。二週間ほど時間をください。いいアイディアを出してみます」

ああ、電話してよかった。もっと早く相談すればよかった。私は反省した。私はどうやら建築家を誤解していた。建築家が建てた家は芸術作品と同じで、完成した建物に黙って住みつづけるのが宿命だと勘違いしていた。しかし、それは私の思い込みだった。建築家のほうも家は住む人に合わせて変わっていくべきだと考えていたのだ。

来年の冬はコタツがなくても暖かくて、オクサンが体をぽかぽかさせながら炊事ができる家になっているぞと楽しみにしているねじめである。

金魚のキンちゃん

金魚を飼っている。それもたった一匹である。この金魚、キンちゃんと私が名付けて、私がお世話をしている。こう見えても（どう見えるかわからないが）生きものをちゃんと飼ったのは中学生以来である。

中学のときに飼ったのは犬だった。私が散歩と餌の係であった。当時、私の家は乾物屋をやっていたので、犬の餌は毎日猫まんまばかりであった。柴犬はそれに耐えきれなくて、ある日突然、家出して、それっきりであった。

以来、この歳になるまで生きものを飼ったことはない。うちのオクサンは一時期メダカをたくさん飼っていたこともあったが、ある日突然全部死んでしまい、生きものは最後は死ぬから飼うのはやめようと言い合っていたものだった。

ところが、である。二年半前の夏、阿佐谷七夕まつりの最中のある晩に、オクサンがねじめ民芸店のシャッターを下ろそうとしてひょいと見ると、入口に出した縁台に金魚の入ったビニール袋の紐が括《くく》られていた。どうやら店にきたお客さんが品物を見つくろうのに邪魔になるので、縁台に括ったのを忘れて帰ったようである。

私はレジ横の柱に金魚の入ったビニール袋を引っかけ、「この金魚は忘れものです」と紙に大きな文字で書いて貼った。ところが、誰も忘れた金魚を取りにこない。買い物のお客さんも、金魚に目をやる人はいない。みんな金魚には興味ないのだ。

けっきょく金魚は誰も取りにこなかった。それはそうだ。七夕まつり中は金魚すくいの露店が商店街のあちこちに出て、子供も大人も水槽に群がって必死にすくっているが、景品ですくった金魚をもらっても飼う気持ちを持っている人は少ない。

金魚すくいで取った金魚は弱い。家に持って帰って金魚鉢に入れても、一日か二日たつと突然ぷっかり浮いている。後始末しながら「生きものは死ぬからねえ」とうんざりするのは、誰だってイヤだ。

とはいうものの、忘れ金魚とて生きものである。何日もビニール袋の中に放っておくわけにもいかない。とりあえず近所の百円ショップに行って、プラスチックの台所ボウルを買ってきた。ボウルにビニール袋の水ごと移すと、金魚はノビノビスイスイ泳ぎ出した。ふらふらへろへろしか泳げないと思っていたのが、ふつうの金魚みたいに泳いでいる。

私は金魚一匹入った台所ボウルを持って、自宅に戻った。その日から、私は金魚のお世話係になったのだ。

この歳になるまで金魚をちゃんと眺めたことはなかったが、眺めてみるとあんがい面白いものである。金魚は春になると藻の入ったボウルの中で素早い動きをする。ススーイとつぜん斜めに泳いだりする。予想のつかない動きをするのが春である。夏になると、今度は私の裏をかくような動きをする。たとえば、「ほら、ご飯だよ」とぱらぱら餌をやっても、お腹いっぱいだからいらないよ、というような動きを見せておいてから、突如、餌を一気に食べ始める。この金魚、もしかしたらピラニアじゃないかと思うほど大きな口を開けて、こちらの指めがけてがっつくときもある。夏の金魚の動きはフェイントまじりの憎たらしさがある。

秋はやはり、金魚にも落ち着きが出てくる。餌も尋常に食べるし、唐突な動きも少ない。体もひとまわりぶっとくなって、ちょっとダイエットさせないといけないという気になる。冬は藻の中に隠れている。どこに隠れているのかわからず、ボウルを目の高さに上げてのぞき込むと、藻の中でじーっとしている。死んじゃったのかと思って、ボウルをそっと揺すると、無精たらしくちょっと動いて見せる。この「ちょっと」が憎たらしく思えるときと、えらく可愛いと思えるときがあるのだ。

金魚は一年たつとどんどん大きくなって、尾っぽが胴体と同じ太さ、長さは胴体の一・五倍になって、ボウルの中でゆらゆら泳いでいる。こんなに大きくなったらボウルでは無理だと思い、ちゃんとした水槽を買ってきて台所の流しで金魚の入れ替え作業をはじめたとたん、リビングの電話が鳴った。出ると編集者で、忘れていた原稿の催促である。平謝りに謝って受話器を置き、台所に戻ると、ボウルに入っているはずの金魚がいない。ボウルから跳ねて流し台に落ちているかと、汚れた皿をどけてあちこち探し回ってもどこにもいない。おろおろしながらひょいとガスコンロに目を向けたら、金魚がコンロの受け皿の中で煤《すす》にまみれてばたばた暴れているではないか。流しからガスコンロまでは七十〜八十センチある。オリンピックのスキージャンプではないが、最長不倒距離の金メダル級ジャンプである。キンちゃんという名前は、この金メダル級ジャンプから名付けたのである。

今、キンちゃんは冬眠からやっとさめて、尻尾の長さも胴体の二倍近くなり、まだ本調子ではないものの、白い透明な尾っぽをゴージャスに揺らしながら泳いでいる。

二度目のひこにゃん

滋賀県彦根城に行ってきた。

このところ彦根城づいている。この半年で二回も彦根城を訪れたことになる。

彦根城は日本の四大名城と呼ばれているだけのことはある。高さ約五十メートルの山の上には天守があって、私は城オタクではないが、その本丸書院跡から見た天守はかっこいい。そのかっこよさを支えているのは石垣である。彦根城の石垣を見ると、井伊家の戦いに対する心構えが強くあらわれている。石垣の石ひとつひとつに手を抜いてはいけないという戦乱の匂いを漂わせている。城は天守で決まるのではなく、石垣で決まるのだ。

城を上る道の階段は井伊家の城だけに、相手が攻め込んでくることを前提にして、階段の一段一段が斜めに傾いていたり、幅を大きく違えていたり、なるべく敵側がスムーズに上れないように工夫している。この石段を雁木《がんぎ》石段という。

よくよく考えてみれば石垣のほうも石段と同じく工夫があって、半分がしっかり組み合わされていたり、無造作に組み合わされていたり、違う大きさの石が嵌《は》め込まれていたりと極めてアート的である。

私が彦根城で最も好きな石垣は崩れ落ちそうで崩れ落ちない宝篋印《ほうきょういん》

塔《とう》の石垣である。本来は供養塔なのだが、石垣として使われている供養塔もあって、朽ち果てそうで朽ち果てない霊力を石垣から感じる。見えない霊力までも戦いの中に持ち込んでくる井伊家の貪欲さに胸を打たれるのである。石垣というのは本当に城主の細かな神経が見え隠れしている。

彦根城に上るのも二度目であったが、正直言って、一度目と同じようにくたくたへとへとであった。足首に力は入るし、直線的に上るのではなくグルグル回るように上っていて靴底が安定しにくくて、たやすく上らせてくれないのだ。山に登るのと城に上るのとは大違いである。城に上るのは不安定な気分になる。それも井伊家の戦術かもしれない。

やっとの思いで上ると、たくさんの人たちが集まっていた。その人の多さに「ひこにゃん」だとすぐにわかった。カメラを出して、人をかき分けてのぞいてみると、やっぱりひこにゃんなのだ。ひこにゃんは日本のゆるキャラの中でも相当に有名なのだ。

一回目にきたときにも観光客に取り囲まれていたし、私がねじめ民芸店の若い女の子に彦根城にまた行くと言ったら、「正一さん！　今度は絶対にひこにゃんの写真をちゃんと撮ってきてください。この間のひこにゃんの写真は、遠すぎましたよ。正一さんから写真をもらったけど、小さすぎてひこにゃんかどうかよくわからなかったんです。今度こそ近くから撮ってくださいお願いしますよ」と何度も念を押されたのだ。

私はねじめ民芸店の若い女の子の期待に応えるために写真を撮ろうとしたが、ひこにゃんの前に大勢の観光客がたちはだかって、ひこにゃんの写真が撮れないのだ。

観光客が減るのを待って、カメラのシャッターを何回も押しまくっていたら、ひこにゃんが左の方にいる観光客の方に移動しようとする。「ちょっと待って！」とひこにゃんの肩に触ったら、係員に「ひこにゃんは触ると、神経を病んでしまうから、触らないでください」と叱られてしまったのだ。

キグルミに人格を与えて、こちら側が癒やされるというのはゆるキャラの基本であるが、ゆるキャラに触って叱られた場合、私はしゅんとした自虐的な顔つきをすればいいのか、それとも「あれれ、怒られちゃったよ」と明るい顔つきをすればいいのか、ちょっとバツの悪い思いをしていたら、私の携帯が鳴った。

ねじめ民芸店の若い女の子からである。

「正一さん、今日のひこにゃんのスケジュールを言いますね。正一さん、今どこにいますか」

私が写真を撮りそこねないか心配になって、ひこにゃんのスケジュールをインターネットで調べて連絡してきたのだ。

「正一さん、今日は火曜日ですから、ひこにゃんは登場します。正一さん、今どこですか」

「彦根城にいるよ」

「ああ、よかったわ。今、一時四十分ですから、彦根城天守前にひこにゃんがいますよ」

「ひこにゃんは目の前にいるよ」

「え！　ひこにゃんが目の前にいるんですか。あの正一さん、携帯のカメラで撮ってすぐに携帯メールで送ってくれますか。正一さんがちゃんと撮っているかを確認したいのです」

ああ、ひこにゃんが好きなのはよくわかるが、携帯メールのできない私にひこにゃんの写真なんぞメールで送れるわけがない。若い女の子のこの性急さは何だろうか。ひこにゃんを見たいのはよくわかるのだが、この性急さについていけないねじめである。

父娘のカラオケ

真夜中に私のケータイが鳴った。

誰かと思ったら、我が娘からであった。娘はうちの近所で暮らしているのだが、会うのは月に一度ぐらいだ。それもたいていは焼肉屋である。娘は焼肉を食べたくなると電話をかけてきて「行こうよ」と言うのである。

焼肉を食べ終わって、私のほうから喫茶店でコーヒーでも飲もうかと誘ってみるのだが、言下に「お父さんは自分の話ばっかりだから、ノーサンキューです」と断られる。

それはその通りである。私は自分の話を娘に聞いてもらいたいのである。焼肉を奢ったのだから、少しぐらい聞いてくれたっていいじゃないかと思うのだが、うまいことかわしやがる。

私は娘の面倒はまったく見てこなかった。もちろん可愛いとは思っているのだが、娘が子どもだった頃、つまり私の三十代四十代は自分のことでいっぱいいっぱいで、家族にまで気が廻らなかった。我が家のアルバムの中に娘の一歳の頃の写真がある。私が娘に頬ずりをしているのだが、娘はあきらかにイヤそうな表情で私の顔をよけている。

娘の記憶によれば、我が家には父親は存在しなかったという。

その娘と初めて打ち解けたのは娘の高校受験の発表のときであった。

二人で合格発表を見に行き、緊張している娘の代わりに掲示板に貼りだされた合格の番号を私が確認しに行ったのだ。娘は合格していた。私は頭の上に両手で丸を作って、合格のサインを娘に送った。「やったあ！　やったあ！」と、娘は私に初めて抱きついてきたのだ。

それからは、子どもの頃に一緒に過ごさなかった分を取り戻すように娘と付き合っている。娘も物書きという私の職業がどういうものかわかったらしく、同情とあきらめ半々で対してくれているようである。

ケータイにかかってきた娘の用件は「終電車がなくなっちゃったから、新宿まで車で迎えにきてくれないかな」というのであった。

「ＯＫ！　新宿のどのあたりで待っている？」

「青梅街道の新宿大ガードのところで待ってるわ」

私は張り切って車で待ち合わせ場所へ向かった。ガードの下で娘が待っていた。助手席に乗せて、今度は青梅街道を阿佐谷方面へ走っていると、「お父さん、今、元気ある?」と娘が言う。

「こんな遅い時間だと阿佐谷の焼肉屋は終わっているぞ」

「焼肉じゃないわよ。カラオケに行かない?」

意外な言葉であった。

こいつ、なかなかエライじゃないか……と私は思った。娘は親子関係を盛り上げようとしているのだ。別にカラオケなんぞに行きたいわけでもないだろうに、嘘でもいいから親子関係を盛り上げようとしているのだ。

私は関係を盛り上げるのが苦手である。

近しい関係ほど甘えが出て、自分自分になってしまう。だが、娘はこんな父親との関係を盛り上げようとしているのだ。盛り上げないと父と娘の関係は歪んだものになっていくだろうと、薄々感じているのだ。

娘は私との関係を盛り上げるために自分に無理している。

私よりも百倍は無理している。親子関係であっても、無理しないと新しい関係が生まれてこないことを知っている。

娘のこの親子関係の盛り上げがあったから、オクサンとも別れないでやってこられたのかもしれない。娘の気遣いに頭が下がってきた。

よっしゃ！　今夜は父親として娘を盛り上げなければと心に決めた。

車を家の駐車場に停めると、私と娘はそのまま阿佐ヶ谷駅高架下のカラオケルームに突入した。娘もカラオケは久々だと言う。私と娘は歌う曲をどんどんセットして歌いまくった。二人とも、歌い始めると声がどんどん出てくる。

「十年前は安室奈美恵とか松田聖子のモノマネだったけど、歌がうまくなっているし、声もよくなったな。たいしたもんだ。おまえも苦労したんだな」と娘の歌を褒めちぎっていたら、今度はお返しとばかりに、「お父さんの年齢でここまで楽しませてくれる歌を歌える人は見たことがない」と娘が私を褒めちぎる。

さんざん歌って歌い疲れて、明け方の阿佐谷の町を娘と歩きながら「うまい！　美空ひばりからいきものがかりまで、こんなにレパートリーの広いのはおまえしかいない」と喉を嗄《か》らして言うと、娘も「甲本ヒロトなんかお父さんと比べたら鼻くそみたいなもんよ」とやっぱり喉を嗄らした声で言うのである。家族も親子もサービス精神である。嘘でも本当でもいいから、言葉を費やさないと絆は生まれてこないものだと、娘から学ぶねじめであった。

みどりさんの時間

このところ、夕方は母親の暮らす実家に行くことが多い。合鍵で玄関を開けると相撲中継のアナウンサーの声が大きく聞こえてくる。テレビの音が聞こえてくるとホッとする。

玄関で靴を脱ぎ、右手にある襖を開けると、背中の丸まった母親が椅子に座って相撲中継を見ながら針に糸を通そうとしていた。マヒした右手の親指と人差し指で糸の先を持ち、左手の親指と人差し指で針を持って針の穴に糸を入れようとしているが、なかなか入らない。

「おふくろ、やってやろうか」

私が声をかけると、

「やれることは自分でやるから大丈夫だよ」

母親はこっちも振り向かず一心不乱に続けるのだが、十五分たってても針の穴に糸が通らない。糸を針の穴に通すのではなく、針の穴を糸の先に持ってきているのだ。これでは一時間かかっても針の穴に糸が通りそうもないので、「オレがやってやるよ」と手を出すと、母親は素直に針と糸を渡してきた。一発で針の穴に糸を通して母親に渡すと、糸のコブも作ってほしいと言う。母親は雑巾《ぞうきん》を縫いたいのだ。マヒした右手のリハビリを兼ねて雑巾を縫おうというのだ。自分でやれることをやらないと、どんどんマヒが激しくなってくると思っている。

右手と右足にマヒがあり、膝が悪い母親の行動はゆっくりである。人の手を借りるのを厭がり、なるべく自分で全部やろうとするから、時間がかかる。針に糸を通すだけだって一時間ぐらいかかるのだ。朝、パジャマから洋服に着替えるのにも一時間かかるし、セーター類を左手一本で畳んでしまうのにも一時間かかるし、タオルを畳んで積み上げるのも一時間かかる。

母親がいちばん怒るのは、そうやって時間をかけて積み上げたセーターやタオルを、私が無造作に動かして崩してしまうことである。そういうとき母親は、私に向かって「正一は人の気持ちがわかっていない」と、泣き出さんばかりに怒る。最初はふいに怒り出されて戸惑ったが、考えてみれば、たくさんの時間を費やして一枚一枚畳んだセーターを簡単に崩されたりしたら怒るのが当たり前である。

時間がかかる、ということのほかに、モノの位置も問題である。枕元のティッシュの箱がいつもより二十センチずれて置いてあるだけで、母親には手が届かない。そうなると「ティッシュどこ、どこ？」と大騒ぎである。

先日もまた、ちょっとした事件があった。母親は家の中を移動するときに歩行補助の手押し車を使う。一緒に暮らしている弟が、台所で手押し車を使うとき少しでも楽になると思って、台所にあるテーブルや椅子を五十センチほど端に寄せたのだが、それを見た母親がいきなり泣き出してしまった。

弟が驚いて理由を訊ねてみると、泣きながら「つかまるところがない」と言う。テーブルが移動してしまっては、よろけたときにマヒした右手のつっかい棒になるものがない、頼りの左手のつかまる場所も遠くなった、これでは不安で動けないと言うのだ。

体の不自由な母親は、モノと自分との距離が変わることに対応できない。モノがあるべき場所にないと、モノと自分との関係が把握できなくなり、不安になって、たちまちパニクる。それでも母親は手押し車を押して台所仕事をしたがるのである。さすがに料理は弟の嫁さん任せだが、使った食器を洗ってフキンで拭き、戸棚にしまうまでは自分でやりたいのである。

母親の日常は、一事が万事こんな具合だ。しかし母親は「自分でやれることはやる」という姿勢を崩さない。時間はいくらかかってもかまわない、自分でやれることを自分でやることが命を絶やさない方法だと固く信じている。あんまり時間がかかるので、見かねた私や弟が少しでも手を出そうとすると、「自分でやるから手を出さないでくれ」と退ける。

私が糸を通した針で雑巾を縫っていた母親が、独り言をつぶやいた。

「みどりさんはもういないから」

みどりというのは母の名前だ。私はギョッとした。ついに頭がおかしくなったのかとおそるおそるのぞき込むと、母親は真剣な顔つきで雑巾に針を突き刺していた。ああ、そうか、と私は思った。母親は、針にスイスイ糸を通し、雑巾をスイスイ縫うことのできたみどりさんはもういないと言っていたのだ。

母親は、今のみどりさんを引き受けている。自分の命は最後の一滴まで自分のものだという自負がある。そんな「みどりさん」を、私はあきれつつもちょっぴり誇らしく思うのである。

座の喜び

昨日は早稲田の某ホテルで開かれた点々句会に出席した。宗匠の石寒太さんを筆頭に、ひさびさにメンバー全員が揃い、悪口軽口飛び交う和気《わき》藹々《あいあい》とした会であった。

パンジーや一七歳の自爆テロ

これは当日「天」（トップ）を取った冨士眞奈美さんの句だ。モスクワの地下鉄で死者四十人を出した連続自爆テロの犯人が夫を殺された十七歳の女性だった、というニュースを読んだ句である。パンジーのけなげさ、儚《はかな》さ、ウソっぽさ（黄色と紫のあのけばけばしい色彩はいかにも園芸品種っぽくてウソっぽいではないか）が、十七歳の自爆テロのやりきれなさとストレートに結びつく。トップを取るのにふさわしい句である。

点々句会は七年前、冨士眞奈美さんが音頭を取って始まった句会である。当初は総勢六人のこぢんまりした会だったが、一人増え、二人増えして今では十四人の大所帯になった。

それまでにも句会に出たことはあったが、私が句会という「座」を面白いと思うようになったのは、点々句会に参加してからである。上手い俳句を作ろうなどと思ってはいけない、私の俳句は皆を笑わせればいいと思い決めたのも点々句会からである。

点々句会の宗匠は俳人の石寒太さんで、かの金子兜太氏は石さんのことを「ケロリスト」と渾名《あだな》したのであるが、いつ何が起きてもケロッとしている。句会をまとめようとする気持ちなぞまったくないノンキ宗匠であるからして、我々が石さんを支えたくなるのだ。いやいや、それが宗匠としての石さんの手腕なのかもしれない。

宗匠がそんな按配であるからして、句会のまとめ役は必然的に発起人の冨士眞奈美さんになる。言ってみれば、冨士さんが点々句会の親分なのである。それにしても冨士親分の気づかいには頭が下がる。顔色のこと、体調のこと、着ている服にまで目配り気配りして、私に対

してだけでなく、点々句会のひとりひとりに同じように気づかいして
いる。私の親分でもあるが、私以外のみんなの親分でもある。
その冨士さんと逆に、クールに見えるのが吉行和子さんである。
点々句会にきても淡々としていて感情を出さないから、きっと冨士さ
んのお付き合いで参加しているのだと思っていたら、とんでもなかっ
た。俳句を作るのが楽しくて楽しくて、来月の兼題が決まると家の鏡
に兼題を書いた紙を貼って、やる気を盛り上げているというのには驚
いた。俳句に火傷《やけど》しそうに熱いのだ。
点々句会にはもうひとり女優さんがいる。いちばん新しいメンバー
である水野真紀さんである。水野さんは仕事でどんなに遅くなっても
句会にやってくる努力家である。席題が出ても、笑いのプロ春風亭勢

朝さんがペラペラ喋っていても、俳句に没頭している。努力が実って最近はめきめき俳句の腕を上げてきて、「うわ、これって水野さんの句⁉」と驚くくらい色っぽい句も書くようになってきた。

このほかの面々も個性的だ。熊十さんはみんなのお世話役だが俳句のルールにはめっぽう厳しく、私が地名を間違った漢字で書いたら、「俳句では地名の間違いは致命的です」とビシッと指摘する。こういう人がいないと句会は正しく進まない。フラスコさんは俳句でびっくりさせたい気持ちが人一倍強いし、鎌倉みどりさんは凛とした正統俳句まっしぐらである。新海均さんは犯罪者俳句が多くて、ほとんどの犯罪を俳句にしている。蕎麦好き犬好きの吉田悦花さんは過激さと正統が入り混じった俳句を作るし、雄伍さんは現代詩を上回るヘンな無意識過剰な句を作るし、リハウスさんは横浜から汗をかきかき毎回句会に駆けつけてくるし、橋本昭嵩さんは私よりも年上なのに子供っぽい人で、時間ぎりぎりまであぁでもない、こうでもないとねばって投句するのだが、そのすぐ後で気持ちが変わって「こっちにしてください」と困らせる。

毒舌なのは高橋春男さんである。高橋さんは句会における私の好敵手である。漫画家らしくブラックユーモアに走りたがるし、わざと漢字を読み違えたりして笑いを取る。この笑いを取ろうとするところが私の戦略とかぶるのである。二人とも句会では他人を笑わせるのが何より大事だと思っているので、たとえば私の句が「天」に選ばれても、笑いどころがないと「ねじめさん、俳句らしい俳句なんか書いちゃってダメじゃない」と辛辣な言葉が飛んでくる。

それにしても点々句会がこれだけ続いているのは、みんなが仲のいい証拠である。私なんぞはオクサンに背中を押されてもそれほど元気が出ないが、句会の女性たちに背中をチョット押されただけで気持ちがパッと明るくなってくる。来月の兼題は「ヒキガエル、母の日、道」。さあ、頑張るぞ！

母の夜桜

台所からもののぶつかる音と母親の悲鳴が聞こえた。すっ飛んで行くと、母親が床に転がって呻《うめ》いている。一ヵ月半ほど前、いつものように実家に行っていたときのことである。

「どこ打った？」

動転しながら母の腋《わき》の下に腕を差し込んで起こそうとすると、母が強い声で「やめて」と言う。

「あんたは力ずくで起こそうとするから。逆にあとで痛くなるから。

救急車を呼んでおくれ」

マイッタ。母親に断られてしまった。それにしても自分から救急車を呼べと言うからには、よほどひどいに違いない。実家は二世帯住宅で、一階に母親、二階に弟一家が住んでいる。腕を抜き、二階にいる弟の嫁さんを呼んで電話を頼んだ。

しばらくして救急車がきた。さすがに救急隊である。母親を上手に抱えてストレッチャーに乗せ救急車に運ぶ。弟は仕事でいないので、私と弟の嫁さんが救急車に乗り込む。

「すいません、今日は何日かわかりますか」

母親に救急隊の人が質問した。

「はい。今日はですね、昨日は曾孫《ひまご》が遊びにきて、『NHKスペシャル』を見たあとに眠りましたので、今日は四月×日です」

「よく覚えていますね」

「記憶力には自信があります。歴代の天皇の名前を全部言いましょうか」

「それはけっこうです」

「『弁天小僧』の一節はどうですか」

「それもけっこうです」

救急隊の人は笑っている。その笑いに私も安心する。

M病院がやっと引き受けてくれた。母親はすぐに診察室に運ばれた。待合室で待っていると一時間ほどで看護師さんが呼びにきて診察室に入った。

医師がレントゲン写真を指し示しながら説明を始めた。

「あばら骨が二本折れています。このあばら骨は今夜ぶつけて折れているんでしたら、入院してもらわなければなりませんが、どうなんでしょうか」

「三ヵ月前に転んだときにレントゲンを撮りました。だいぶ痛みはありましたが、骨折はしていませんでした」

「そうですか。この二ヵ月ぐらいであばらをぶつけたことはありませんか」

そう言えばあった。

「二ヵ月ほど前、マヒのある右手で机の角《かど》をつかんで椅子に座ろうとしたとき、手が机をつかまえられなくてそのままズルズル滑り、机の角に胸をぶつけたことがありました」。弟の嫁さんが言った。

「それですね」

医師がうなずき、レントゲン写真の肺の部分を指し示した。

「しかし、それよりも気になるのは、肺のここのところに影があります。この影はリンパ腫の可能性があります。最近、かかりつけの先生に胸のレントゲンを撮ってもらったことはありますか。もし、レントゲンを撮っているのなら、そのかかりつけの先生に、そのときに肺に影があったかを聞いてみてください。肺に影がないようでしたら、最近のものですから、大きな病院で診《み》てもらってください」

M病院の医師は肝心なことをきちっと言ってくる。救急病院はあくまで救急病院であって、長いおつきあいにはならないのだが、患者の家族の気持ちがよくわかっているようである。

すでにして私は、母親のあばら骨よりも肺の影のほうが気になっていた。「何でもないこともありますから、あまり気になさらないでください」と医師は言うのだが、肺がんの心配が頭をもたげてくる。

母親をタクシーに乗せて帰る途中で、私は骨折と胸の影のことを母親に説明する。母親はふつうの顔で聞いていた。哲学堂公園のグラウンドの前を通り過ぎようとしたときに「ちょっと停めてくれる」と言うので、タクシーを道路の脇に停めてもらう。

「今年、桜を見るのは初めてなの。夜桜でもいいわ」

それを聞いて私はちょっとアタマにきた。こっちは肺がんかもしれないと心配で気が気ではないのに、当人はタクシーを停めさせて、夜桜なんぞを眺めている。

「胸はどう。痛かったら入院すればいいし、痛みがなくなったら、大きな病院に行って胸の影を診てもらおうよ」

私が言うと、母親は振り向いて私の顔をまじまじと見た。

「正一は、私が桜を見ているのに胸の影がどうのこうのって野暮《やぼ》な男だね。みどりさんの最後に見る桜になるかもしれないのに」

——胸の痛みが引くのを待って、大きな病院でレントゲンを撮ってもらった。影は肺がんではなかった。哲学堂公園の夜桜も、みどりさんが最後に見る桜にはならなかったようである。

地元の有名人

我が中央線阿佐ヶ谷駅界隈《かいわい》でいちばんの有名人は爆笑問題でも谷川俊太郎さんでもない。肉屋のコウちゃんである。肉屋のコウちゃんとは阿佐谷パールセンター商店街を入ってすぐ左側の吉澤精肉店の主人のことだ。いつも野球帽を被っていて、飄々《ひょうひょう》としてつかみどころがなく、妖怪っぽいところもある。

私が阿佐谷に引っ越してきてからすぐに知り合いになったので、もう三十五年以上のつきあいになるが、変人である。過去に喫茶店で四度待ち合わせしたことがあったが、四度とも遅刻してきた。それも一時間、二時間の大遅刻なのだ。ふつうなら失礼な奴だと思うのだが、みじんも悪びれることなく堂々とやってくる肉屋のコウちゃんの顔を見ると怒る気にはなれない。

肉屋のコウちゃんは夜型人間で、阿佐谷の夜を徘徊している。かく言う私も夜型人間なので、仕事場から家に帰る途中の深夜二時、三時にコウちゃんが飲み屋街に向かって行くのを目撃したりする。肉屋は朝の十時から開店なので、コウちゃんっていつ寝ているのかわからない。

私は阿佐谷に馴染みの飲み屋が一軒だけあって、その店に初めて行ったときも、カウンターでマスターに「肉屋のコウちゃん知ってる?」と聞いたとたん、マスターの頬がゆるんだ。その店とはそれで馴染みになったのだ。かにかくに肉屋のコウちゃんは阿佐谷では有名である。

肉屋のコウちゃんと一番仲が良かったのは漫画家の故永島慎二さんであった。道で永島さんとバッタリ会って、「永島さん、最近肉屋のコウちゃんに会いますか。コウちゃんの面白い話ありますか」と聞くと、いつもは照れ屋の永島さんが「ああ、肉屋のコウちゃん」と、とたんに話に乗ってくるのだ。

「あの人はヘンですね。私も付き合いがかなり長いのですが、あのヘンさは何年たっても飽きませんね。そういえばコウちゃんは『目の展覧会』って言って、自分の目の中に見えるものを毎日ノートにつけているんですよ。この間、目の中に赤い点が四つ見えたときには四人死んだんだそうですよ。コウちゃんはそう言って私を脅かすんですよ」

あの寡黙な永島さんをかくも饒舌《じょうぜつ》にしてしまう力が肉屋のコウちゃんにはあった。それにしても永島さんも私も、「肉屋のコウちゃん」の「肉屋」のほうに言葉のアクセントが入っている。「肉屋」を強く意識しないとコウちゃんの妖怪性がどんどん強まってきて、不気味になってくるからである。商店街の主人におさめようとしても、おっと、どっこい！　コウちゃんは商店街の主人からぐにゃぐにゃとはみ出ていくのだ。

このぐにゃぐにゃがミソである。肉屋のコウちゃんはヘンである―

方で、挽肉を腸にぐにゃぐにゃ詰めて作るソーセージ作りの名人なのである。

肉屋のコウちゃんは若いころドイツでソーセージ作りを学び、阿佐谷に戻ってからは園山俊二さんのかの原始人マンガ『ギャートルズ』の「マンモスの輪切り」とか「あの肉、その肉」ソーセージとかを作り出した。こう書くとネーミングで売るパチモンみたいに思われるかもしれないがとんでもない、このソーセージがとにかくうまい。抜群にうまい。絶品にうまい。子どもたちに大受けなのにうまい。肉屋のコウちゃんが夜遊びしようと、遅刻しようと、永島慎二さんを脅かそうと、コウちゃんの作ったソーセージが人を幸福な気持ちにさせるから私は認めているのである。

その肉屋のコウちゃんが、ある日とつぜん肉屋を占じまいしてしまった。ショックだった。町会の噂によれば、コウちゃんはドイツにまたソーセージ修業に行ったとのことであったが、阿佐谷を歩いていたら、当のコウちゃんに「ねじめさん、山本兼一って知ってる？」と呼びかけられたのだ。さすが妖怪人間である。

「面識はないけどもちろん知ってるよ。直木賞とった作家でしょ」

「そうなんだよ。彼は昔阿佐谷に住んでたんだよ。でもって直木賞とったんだよ」

そう言うと、肉屋のコウちゃんは本当に嬉しそうな顔つきになった。

「コウちゃん、これからどうするの」

「ベトナムにでも行ってくるかな」

肉屋のコウちゃんはこちらが心配するほどもなく飄々と生きている。今年の葵祭《あおいまつり》の頃、仕事で京都に行ったとき、今は京都に住む山本兼一さん（二〇一四年二月逝去・編集部注）の奥さんと偶然にご一緒した。コウちゃんと会ってすぐだったので、私は思わず奥さんに「山本兼一さん、阿佐谷に住んでいたんですってね。肉屋のコウちゃんから聞きましたよ」と言ったら、

「阿佐谷には長いこといました。肉屋のコウちゃんはよく知ってますよ」

ななんと、肉屋のコウちゃんが店じまいしたことまで、京都在住の奥さんはすでにご存じであった。

コウちゃんは地元の有名人ナンバー1である。

人との距離感

少し前、『大竹まこと　ゴールデンラジオ！』（文化放送）に出演した。平日午後一時から始まるこの生ワイドラジオ番組は、同時間帯聴取率ダントツ一位という超人気番組だ。

大竹まことといえば『ビートたけしのTVタックル』（テレビ朝日系）でおなじみである。ごま塩頭に眼鏡、ヒゲの紳士然とした風貌で、政治家たちに減らず口を叩き、ときにはムチャクチャなことも言うのだが、不思議とイヤな感じはしない。大竹さんの言葉はムチャクチャの方向性が正しいというか、ムチャクチャの筋が通っているというか、ムチャクチャではあっても口から出まかせではないからである。ムチャクチャなのは大竹まことじゃなくて政治や経済のほうなのだ。政治や経済がムチャクチャだから、それらについて語ろうとするとムチャクチャなことしか言えなくなるのだ。

私がもうひとつ感心するのは、たけしさんと長年一緒に番組をやっているにもかかわらず、たけしさんと馴れ合う気配がまったくないことである。それどころか、つねに一定の距離をきちっと保っている。『TVタックル』を毎週欠かさず見ている私にとって、この距離感はじつに気持ちいい。

そんなわけでラジオの本番に入っても、私は大竹さんがたけしさんをどんなふうに見ているのか気になって、目の前にある進行表を無視して「大竹さんはどんなことがあってもたけしさんよりも前に出ませんよね」と質問すると、大竹さんは慌てず騒がず「僕とたけしさんとでは才能が違います。僕はたけしさんと一緒に番組をやっていますが、同じ場所にいると思うと幸せな気持ちになってくるんです」とすがすがしく言い放つではないか。

そうか、大竹さんの距離センサーは幸福感だったのか。だからたけしさんとの距離をあんなに正確に保っていられるのか——私は感動しつつ納得した。たけしさんに近づきすぎるとビリビリッと感電死してしまうし、離れすぎるとよそよそしくなって番組がつまらなくなることを、大竹さんは熟知している。

たけしさんの話を終えると、今度は大竹さんも進行表にない朗読の話を振ってきた。「ねじめさんの朗読をテレビで見たときに、何をやろうとしているのかわからなかった。空回りしているばかりでヘンだったな」とからかってくる。たしかに私の朗読は、声は上ずって、早口でまくしたてるから、何を言っているかまったくわからない。大竹さんは私の朗読をハラハラドキドキしながら見ていたにちがいない。

一方、からかわれた私はちっとも不愉快にならない。空回りしている、ヘンだとからかいつつ、空回りしているのがねじめらしい、と大竹さんが認めてくれているのがわかるからだ。「からかいつつ認める」というのが、大竹さんが定めた私との距離の保ち方である。その距離がつねにピタッと正確なので、私は不愉快どころか「そうだよなあ、何言ってるのかわからないよなあ」と一緒に笑っていられる。

大竹さんは他人の気持ちも自分の気持ちもないがしろにできない人だ。繊細に、緻密にセンサーを働かせてゲストとの距離感を測り、相手を不愉快にさせず自分の気持ちも正確に表現したい人だ。

だが、相手がニブすぎるとセンサーに反応しなかったり、センサーが誤作動したりして、どっちかがブチ切れることになる。政治家と話すときは相手が繊細さなんぞまったく持ち合わせていないことを知っているから、最初から大竹さんはがんがん行く。それで相手が怒り出してもかまわないと思っている。そこがスリリングであり、過激である。二〇〇七年に始まった『大竹まこと　ゴールデンラジオ！』がたちまちのうちに聴取率トップのオバケ番組になったのも、大竹さんのこうした「繊細な過激さ」の賜物であろう。

そしてもうひとつ、私が大竹さんの意気込みを感じたのは、出演の少し前に出版した私の本をきちっと読んでくれていたことである。ラジオ番組のパーソナリティは毎日忙しくて、ゲストの本なんぞ読む時間がないのが当たり前なのに、大竹さんは読んでいた。それもざっと目を通したというのではなく、「○○ページのあそこが面白いですよね」とページまで挙げて感想を言ったうえ、「ちょっと朗読してくださいよ」と、冒頭の朗読話にひっかけてきた。前へ前へと進むのではなく、大竹さんはラジオでバック運転もするのである。

私も今までかなりの数のラジオ番組に出たが、ここまでちゃんと読んでくれたパーソナリティは数えるほどだ。ここが大竹さんのラジオ番組が人気のある理由だと思った。ゲストの本を読んでいなくても番組はどんどん進行していくが、大竹さんはちょっとでも手を抜いたらリスナーに失礼だと思っている。と同時に、大竹さんはラジオでゲストを相手に「繊細な過激さ」を楽しんでいる。手を抜いたら楽しみが減るから、手を抜かないのだ。

ここでも大竹さんは他人（リスナー）を大事にし、自分も大事にしている。大竹さんのラジオ番組では、他人を大事にすることがそのまま自分を大事にすることなので、リスナーは気持ちの負担なく、大竹パーソナリティと対等にげらげら、くすくす笑って楽しむことができる。パーソナリティと言えばリスナーに媚びるか、リスナーに威張り散らすかどちらかなのに、大竹さんは「対等」という新しい関係を生ワイドに持ち込んだ。「対等」はすがすがしい。「対等」は風通しがいい。

とにもかくにも、大竹さんには最低あと十年は番組を続けてもらって、大先輩の永六輔や小沢昭一とはまったく違うラジオでの年の取り方を見せてほしいと願っているねじめである。

詩の授業

夏バテして体がしんどいなと思う頃になると、富山での夏の詩の授業が始まる。富山県ひとづくり財団〈きらめき未来塾〉が主催する「右脳活用道場」で週一回、四週にわたって、小学五、六年生の子どもたちに詩の面白さを教えるのである。

梅雨明けのこの時期は呼吸するだけで疲れるよなあ……と思いながら、汗ダラダラで羽田を出発するのであるが、富山に着き、教室で子どもたちの顔を見るとガゼンやる気がわいてきて、「よっしゃ！　今年の夏休みも子どもたちを驚かせたるぞ！」と脳味噌がもりもりもり腕まくりを始める。そのときの気分ときたら、子どもの野球教室で時速百四十キロの球を投げている元ロッテ投手村田兆治サンの気分である。

詩の授業ではあっても、私のモットーは子どもたちを驚かせることだ。今までに見たことのない、聞いたことのない言葉を子どもたちにぶつけて、子どもたちが縛られている脳をほぐすことだ。

夏休みに詩の授業を受けにくる子はだいたいにおいて真面目であるからして、その真面目な頭をごちゃごちゃにすることである。詩はそこからしか始まらない。

まず、子どもたちに私の言葉のＭＡＸを見せるために声を嗄らして朗読をする。

子どもたちは「このおじさんいったい何者なんだ」という顔になって、私の朗読を聞いている。子どもたちが（ヘンなところにきちゃったなあ……）という顔つきになったらこっちのものだ。私は次から次へと朗読する。どんどんガンガン朗読する。

子どもたちの目と口がまん丸ぽかんと開いたら朗読をやめて、次は私が書いた子ども詩「ろっぱつおなら」をテキストに使って、いきなり子どもたちに詩を作らせるのだ。

いちねんせい／いちいちなくな／いっぱいなくな
にねんせい／にきゅうめひっと／にこにこはしる
さんねんせい／さびしくないさ／さかだちしてる

よねんせい／よなかにひとり／よみかきしてる
ごねんせい／ごきげんごきげん／ごりらのきぶん
ろくねんせい／ろうかでおなら／ろっぱつおなら

この詩を私が黒板に書いていているだけで笑い出す子もいる。この笑っている子に「これよりもっと面白くして書いてみて」と言うと、一瞬たじろぐ。「でたらめでもいいから書いてみて！」とたたみかけると、さらにたじろぐ。それでもしつこく「書いてみて！　みて！」と迫ると、必ず五、六人の子が鉛筆をにぎって書き始めるや、あっという間に私が黒板に書いた「ろっぱつおなら」よりもはるかに面白い詩を作る子があらわれる。たとえば、

いちねんせい／いちじくに／いちゃもんつける
にねんせい／にせものの／にっきをつける
さんねんせい／さんかいまわったら／さんねんたった
よねんせい／よっぱらって／よるな
ごねんせい／ごかいから／ごかいおちる
ろくねんせい／ろしあまで／ろうかをはしる

う〜ん、私の詩よりはるかに面白い。子どもの頭がちょっとやわらかくなっただけでここまで面白い詩が書けるのだ。

だがしかし、大切なのは面白い詩が書けたかどうかではない。詩ができ上がった現場に子どもたちが居合わせた、ということだ。この詩はみんなの中の一人が作った詩であるが、じつはみんなが作った詩である。その詩ができるためには、その場にいたみんなのいろんな発言、その発言からでき上がったその場の空気が間違いなく影響している。そうした発言、そうした空気がなかったら、作った一人の中にその言葉が生まれることもなかっただろう。このことを強調する。言葉はみんなのものなのだ。

次の週とその次の週は子どもたちと富山城址公園に行ったり、商店街を歩き回ったり、川に沿って歩いたり、動物園に行ったりして、毎回三時間近くの詩の遠足授業をやる。さんざん動いてから詩を書くので、子どもたちは顔を真っ赤にしながら汗をかきかき原稿用紙に向かっている。これは発見なのだが、体を動かしたほうが脳がリラックスするので、意外な言葉が出てくる。考えもしない、考えたこともない言葉が突如出てきて、子どもたちは自分でも不思議がっている。

子どもたちと世間話をしながら歩いていたら、

「僕はミステリーが好きなんだけど、ねじめ先生は、どんな小説を書いているんですか」

「僕はミステリーじゃなくて、売れない小説ばかり書いているんだ」

「それじゃあ、たいへんですね。ねじめ先生も苦労してるんだ。がんばってください」

と子どもに励まされることもある。

〈きらめき未来塾〉の授業も六年が経った。最初の年に参加した小学生も高校生になって、何かの用事で親たちと東京にやってくると、わざわざ阿佐谷のねじめ民芸店に寄ってくれたりするのだが、大人っぽくなってあれれ誰だったかしらと、面喰《めんく》らってしまうねじめである。

甲子園のジイジ

七月の初め、私の義理の父親が八十九歳で亡くなった。私は二十一歳のときにオクサンと結婚したくて、兵庫県甲子園口駅前でパン屋を営んでいた彼女の父親に挨拶に行ったのだが、その体の大きさに圧倒された。身長が一メートル八十近くあるうえにガッシリした体格だから、よけい大きく見えたのだ。

夏だったので、父親はランニングシャツに短パンの軽装であった。そういう身なりがやけに板についていて、若い頃からずうっと同じ格好をしていたに違いないと思われた。

私は義理の父親に照れていた。義理の父親は私よりもっと照れていた。お互いに目を合わさずに俯いていた。私は何を言っていいのかさっぱりわからなかった。父親も同じで、何も言わずに煙草ばかり吹かしていた。そうやってお互い何も言わない時間がつづいた。気まずい空気が流れて、私はますます喋るきっかけを失ってしまった。このままではいけない、何か言わなくてはとあせった挙げ句に出たのが、「体大きいですね。何キロぐらいあるんですか」という言葉であった。

「このところ計っとらんからわからんなあ」

父親はそう言うと、「今、正一君は何キロあるんや」と逆に質問してきた。

「四十八キロです」

「ふん、四十八キロか。痩せとるんとちゃうか」

それからお互いにまた沈黙である。痩せとるんとちゃうか、と言われて、私はかなりめげていた。ひょろひょろと頼りないヤツだな、と言われたような気がした。

時間がやけにゆっくりと流れ、父親がソワソワし始めた。柱の時計をチラチラ眺めては、煙草を消そうとしたり思い直してまた吸ったりするのだ。夕方が近くなって、そろそろ客が増えるのでパン屋の店のほうに戻りたいのかと思っていたら、父親はふいに立ち上がり、「今日はこんなところで、もうええやろ」と言うや奥の部屋に入ってしまった。こちらは何がもうええのかさっぱりわからずにぼんやりしていると、五分ほどで奥の部屋から出てきた父親は、阪神タイガースの法《はっ》被《ぴ》を着て阪神タイガースの鉢巻きをしめ、手には阪神タイガースのメガホンを握りしめているではないか。

ようするに父親は阪神タイガースの応援に行きたかったのだ。一人娘の婿になるはずの男が東京からわざわざやってきたというのに、試合の時間が近づいてきたら、いても立ってもいられなくなったのだ。娘の婿さんより甲子園での阪神タイガースの応援のほうが大事なのだ。このときに、私は初めて阪神魂を見たと思った。

結婚をして、生まれたわが長男は、小学校二年生の夏休みに「甲子園のジイジ」、つまり義理の父親に連れられて、生まれて初めて甲子園球場で高校野球を観戦した。それがきっかけになって、息子は毎年夏休みになると甲子園の実家に行くのが恒例になった。

あの頃の甲子園のスターはＰＬ学園の清原、桑田である。義理の父親の阪神魂と私の長嶋茂雄熱を受け継いだ息子の甲子園熱はいやが上にも高まった。とくに清原には夢中になった。息子は今でも、清原が夏の甲子園で打った計九本のホームランの一本一本について、どこにどう飛んで行ったかをはっきりと言うことができる。

息子の甲子園熱が冷め始めたのは元木、種田の頃であるからして、甲子園熱はかなり続いていたことになる。息子は一日四試合の一試合一試合を「ジイジ」に細かく報告するのが楽しくて楽しくて仕方がない様子であった。そんな具合であるからして、息子の貯《た》めたお小遣いは甲子園グッズにすべて消えた。息子は小遣いをはたいて買った甲子園グッズを自分で梱包して、東京に送っていた。

息子は今は結婚して離れて暮らしているが、わが家の息子の部屋の押し入れには昔買った甲子園グッズがどっさりしまい込まれている。思えば高校野球観戦を息子に叩き込んだのも義理の父親である。アルプスタンドにも陽が当たらずに涼しい場所があるのを教えたのも義理の父親である。一日四試合観戦するために朝、弁当を作って甲子園に送り出したのも義理の父親であったし、息子があるプロ野球球団に就職が決まったときにいちばん喜んでくれたのも義理の父親であった。

義理の両親は二十年前に甲子園口から私の家の近くに引っ越してきたのだが、道でバッタリ会っても、最初に会ったときと同じようにお互い照れて「どうも」としか言わなかった。だが、息子とは関西弁で冗談を言い合ったりしていた。あれだけ阪神ファンだった義理の父親は、息子の働く球団に宗旨替《しゅうしが》えをしていた。阪神を応援していたのと同じ情熱で、息子の働く球団を熱烈応援していたのだった。

通夜の夜更け、私が棺のお守りをしていると息子がのそっとやってきた。働いている球団のタオルを私に遠慮がちに差し出して、「これ、甲子園のジイジの棺の中に入れていいかな」と言うのだ。最初から棺に入れたいと思っていたのだが、自分の母親や妹が見ているときに言うのはちょっと照れくさかったのだ。そのちょっとの照れが逆に甲子園のジイジの死をきちっと受け止めているように見えて、私は涙が溢れ出てきた。親バカと言われるかもしれないが、私はこのとき、息子をいいヤツだと思った。

息子が野球といつまでもくっついていてほしいと思うのは甲子園のジイジの願いでもあり、私の願いでもある。

詐欺師の往来

地方の友人から電話が入った。友人とは古い付き合いだが、しょっちゅう電話をかける仲ではない。ところがその友人の電話の声に元気がない。体の調子が悪いのかと思って、「どうなの、血圧は相変わらず高いの」と聞いてみたら、「最近はそうでもない」と言うのである。元気がないのに、何か私に言いたそうな声なのだ。悲愴感のある声だ。これも長い付き合いだからわかる。

私が「どうしたんだよ」と何度聞いても「いやいや、久しぶりに声が聞きたかったもんで」と言うだけなのだが、しつこく聞くと、「実は……」と友人はやっと話し始めた。いやはや、この友人の話には驚いた。昭和の時代ならいざ知らず、今でもこんなことがあるのだ。

それは友人の留守中に起こったことであった。友人の奥さんが、店が終わって喫茶店のシャッターを半分閉めて、帰る仕度をしていたら、店の前で頭を抱えて初老の男が蹲《うずくま》っていたのだ。心配して男に近づいていって「どうしたんですか」と聞くと、「半分まで下がっていたお宅の店のシャッターに頭が当たった」と言うのだ。

奥さんには男の頭からうっすらと血が流れているように見えたらしく、友人が留守なので、あわてて母親を呼んでくると、初老の男は某有名作詞家と名乗って、母親に名刺まで差し出してきた。母親は某有名作詞家の名前を知っていたので、自分の店のシャッターで大きな怪我をさせたと思ったら、パニックになってしまったのだ。

某有名作詞家はＭＲＩで頭をちゃんと調べたいと言うので、近くの脳外科にタクシーに乗せて連れていった。頭には異常がなくて、一安心したものの、某有名作詞家は「この近くのホテルに泊まっているので、一度、ホテルに戻って、マネージャーから電話をさせる」と言うのだ。しばらくすると、本当に某作詞家のマネージャーと名乗る男から母親に電話があったのだ。

マネージャーからの電話で、母親はさらに申し訳ない気持ちが強くなってきた。

次の日の午前中、友人が帰ってくる前に某有名作詞家が喫茶店にあられ、これからホテルで仕事があるのに、眼鏡も壊れ、補聴器も壊れて、これでは仕事にならないので、五十万円用意してもらえないかと言うのである。母親が五十万円を渡すと、某有名作詞家は自ら二ヵ月後にお金を返すという念書を書いて置いていったそうだ。

友人は店に戻って、母親からこのトラブルの経緯を聞いたときに、これは詐欺師だと思った。母親の受け取った名刺には某有名作詞家の仕事場の電話番号が書かれていたので、友人が電話をしてみたら、案の定、まったく違う人が出た。

友人は自分が留守にしていたことを悔やんだ。いやいや、詐欺師は留守を知って行動に出たのだ。詐欺師が家の前で蹲っていたときに奥さんが携帯に連絡をくれれば、パニックにならずに対応できたのに、奥さんは男が血を流して頭を抱えて蹲る姿を見たら、あわてて逃げてしまって、そんなことなど思い浮かばなかったという。

五十万円を払ったあとに念書をかわすというのが詐欺師の手口らしい。友人の母親も落ち着いてくると、だんだん自分が騙《だま》されたことに気がついてきて、可哀そうなぐらいどんどん気持ちが落ち込んできて、

「こんな年寄りは死んだほうがいいんだ」と自分を責め続けている。

友人は母親をここまで追い詰めた某作詞家のニセモノが憎くて私に電話してきたのだ。

警察にも届けたのだが、二ヵ月後に払うという念書をかわしているので、今はまったく動けないと言う。友人は五十万円も警察もどうでもいいのだが、詐欺に遭った事実を誰かに言いたかった。少しでも気

持ちを吐き出してすっきりしたかったのだ。

私は友人から頼まれたわけでもないのだが、友人の話を聞いて腹が立ってきたので、知り合いの作詞家から某作詞家の連絡先を教えてもらって、勇気を出して電話をしてみた。某作詞家本人が電話に出てきた。私はねじめと名乗って、詐欺師の説明をすると、「私はその町には行ったこともないし、私のニセモノが七年前にもあらわれて、警察が追い詰めたのですが、結局のところ捕まりませんでした。お金が絡んでいるのでしたら、警察へ連絡したほうがいいですよ」と恐縮するほど丁寧に対応してくださった。

それにしても作詞家という人たちは、世の中に名前が知られているわりには、意外に顔は知られていない。ここらあたりを狙っての詐欺である。

友人に某作詞家に連絡したことを言うと、「ありがとう。これですっきりしたよ。母親をもう責めないし、このことはもう、忘れるよ」といつもの声に戻って言うので、少しほっとしたねじめであった。

内山君の聖なる時間

阿佐谷七夕まつりは今年も例年通り、八月五日から九日まで行われた。我がねじめ民芸店も、この夏枯れ時期を七夕まつりで一気に乗り越えようと頑張るのだが、ここ四、五年はなかなか思惑どおりに売り上げが上がらず苦戦している。

それでも諦めずに、七夕まつりは臨時アルバイトを募って臨む一年の中での大イベントである。今年は美術大学を卒業したばかりの内山君がアルバイトとしてきてくれた。内山君は就職せず、これからの生活を含めて自分には何が合っているだろうと考えながら、とりあえず今はアルバイトでつないでいる長崎出身の二十三歳の青年である。

彼はいろいろな種類のアルバイトをやってきたが、店売りのアルバイトははじめてとのことであった。そのせいか、初日から緊張していた。店売りはとにかく声を出さなければならないと思い込んでいて、「いらっしゃいませ、いかがでしょう」「お手に取ってご覧くださいませ」「本日はきていただいてありがとうございます」と、店の入口でソフトな低音を響かせるのだ。ねじめ民芸店で長年働く女の子たちも「あら、いい声ねえ。内山君の低い声って何か魅力的」などと目配せし合っている。彼はいつの間にかねじめ民芸店の女の子たちのアイドル的存在になっていた。服装も赤いベストに今流行のニッカボッカ風の太いズボンを穿いて、なかなかオシャレなのだ。

二日目になると、彼の店売りの声にもさらに磨きがかかってきた。商店街を査察で通りかかった消防署関係の人たちにも「ご苦労様です。がんばってください」と声をかけるし、警察関係者が通りかかると、「毎日、ご苦労様です」とまた声をかける。彼は道行くすべての人たちに声をかけたい気分で店番をしている。若い男がこういうことをやるとチャラチャラと安っぽく見えるものだが（美容院の坊やなんかが「ヨロシクお願いしまーす」と言いながらビラを配っている、アレです）、内山君は声が低音で落ち着いているから、チャラチャラした感じがない。

三日目、四日目に入っても内山君は店売りに飽きることなく、それどころかますます低音に磨きがかかって、お客が買おうと買うまいと懸命に対応している。しかも内山君は計算が速い。すべて暗算でＯＫ、消費税が加わってもまったく平気なのだ。声はいいし、オシャレだし、計算は速いし、ねじめ民芸店の開店以来最強の臨時アルバイトだ。

七夕まつり最後の日の約束の時間まで、彼は懸命に声を出して売り続けた。自分の仕事が終わっても帰ろうとせず、七夕の飾り付けを片付けるのを手伝うと言う。これにうちのオクサンはえらく感動して、「これからうちの女の子たちと食事に行くんだけど、くる？」と誘うと、「行きます」とうなずく。

近くの居酒屋でやった七夕まつりの打ち上げでも、主人公はやっぱり内山君であった。「どうだった？　今回働いてみて」というオクサ

ンの質問に、

「僕はこういう店売りははじめてだったので、すごく楽しかったです」

「どんなふうに楽しかったの」

「あの……」。彼は言葉に詰まっていたが、

「七夕の店番というのは聖なる時間というか。貴重な体験でした」

「聖なる時間って??」

オクサンは〝聖なる時間〟という大仰《おおぎょう》な言葉にひっかかって畳みかける。彼はますます言葉に詰まっていたが、考え考え喋り始めた。

「三歳ぐらいの女の子がお母さんに『あれ買っててちょうだい』って言うと、お母さんは躊躇せずに買ってあげるんですよ。ふだんだったら

買ってあげないと思うんですが、七夕まつりだから買ってあげちゃう。七夕が聖なる時間だからですよね」

「それってハレとケの問題よね。お祭りだからこそ、いつもと違う気分になれるのよね。そこまでよく気づいたわね」

内山君の言葉に、大学で民俗学を専攻したオクサンはすっかり感動している。

しかし、ひねくれものの私は、聖なる時間とやらがちょいと嘘っぽく聞こえたので、「でも今の母親は、七夕まつりだからと言って、子どもにせがまれても買う母親ばかりじゃないでしょ」と横槍を入れてみた。すると彼は「それが悲しいんですよ」と私のほうに向き直った。

「子どもが『買って、買って』とねだっているのに、まったく無視している母親もいるんですよ。これが阿佐谷じゃなくて、浅草とかの本当の下町だったら、親はお祭りの聖なる時間には、みんな子どもに買ってあげるような気がするんです。そう考えると、中央線のお祭りは聖なる時間になりきれない、小さくてもの悲しい時間なんじゃないかなあって」

内山君のこの言葉には考えさせられた。中央線阿佐ヶ谷駅の七夕まつりは、スケールはそれほど大きなものではない。だが、それこそ彼の言葉ではないが、それでもたくさんの人たちが小さな聖なる時間を求めてやってくる。そして、それぞれが小さな聖なる時間を感じ取って、満足して帰っていく人もいる。小さくても、もの悲しくても、それはそれとして大切なことなのだと、彼から改めて気づかせてもらったねじめである。

夏の死

今夏は妻の父親、伯母（母親の姉）、叔父（母親の弟）が立てつづけに亡くなった。それも三日連続である。ひとり亡くなると、あと二人はあの世への道連れにするというが、その通りになってしまった。末期がんだった義父についてはある程度覚悟していたが、伯母と叔父はまったく突然で驚いた。伯母さんは亡くなる三ヵ月前にわざわざ母の家までやってきて、体調の悪い母を励ましてくれたほどであったし、叔父さんも長い闘病生活ではあったが、私の母にときどき電話をくれていたからだ。

母には義父が亡くなったことはその日に伝えたが、血を分けた伯母と叔父が亡くなったことは、さすがにすぐには伝えられなかった。伝えたらショックで寝込んでしまうのではないかと思ったのだ。とはいうものの、伝えないわけにもいかない。弟と相談して、私から母に伝えることにした。

伝えに行った日は暑かった。汗だらだらで、日射しが顔をちくちく刺すようであった。母の住む家の近くのコインパーキングに車を止めて歩き始めたが、歩いて十五分ほどの間も暑くてたまらず、自動販売機で水を買って、ちょびちょび飲みながらやっと家まで辿り着いた。

母はクーラーは苦手なので、なるべくつけないようにしているのだが、今夏は別だ。母の部屋に入っていくと、椅子に座った母が「正一、暑いねえ」と言った。本当に今年の夏は暑い。夜まで暑い。夜暑くて眠れないのは当たり前である。夜中、目を覚まさずにすっきり眠れたことなんて今夏は一度もない。

母に冷蔵庫から麦茶を持ってきて、コップに注いでから、「じつはね……」と伯母、叔父の死を伝えた。母は一瞬顔色を変え、「え！　死んじゃったのかい。ほんとに死んじゃったのかい」と私に向かって確かめた。私が「ほんとなんだよ」とまた言うと、「姉さんは私のことを気にして、わざわざ家まで私を見にきてくれて、ミーちゃんの顔を見たら元気そうなので安心したよと言ってくれたのに」と言って泣いた。しばらくするとため息をついて、「この暑さならばしようがないねぇ。こんなに暑かったら年寄りだったらどんどん死ぬね。死なないほうがおかしいわよ。姉さんも弟も暑さにやられたんだよ」と今夏の炎暑を憎む頃には、母はふだんの母に戻っていた。

伯母が若い頃SKD（松竹歌劇団）に入りたがったほどダンスが上手だったことや、叔父が高田馬場で「のんべえ大学」という飲み屋をやっていた頃の話をすると、今度は伯母の性格を批判したり、叔父の優柔不断さに怒り始めたのであった。

そうやって姉弟のいい部分、ダメな部分を二時間ほど語り終えると、母は麦茶を飲んで「今年の夏は異常だね。こんなつらい夏ははじめてだよ」と言った。

それが伯母、叔父に対する母の別れの儀式であった。伯母、叔父が逝ったのは病気のせいではなく、今夏の暑さのせいなのだ。夏の暑さが一番悪いのだ。

私には伯母、叔父の死を母に伝えてしまった後ろめたさがあったので、

「やっぱりおふくろには伝えないほうがよかったかな」と言うと、母は「ちゃんと言ってくれてよかったよ。人間というのはその時その場で対応しないとボケるからね。あとで姉さんや弟が死んだことを言われて、そんな大切なことを聞かなかったはずはない、頭がボケて聞いたのに忘れてしまったんだと勘違いするのが一番恐いからね」と言った。

それきり母は伯母、叔父のことを口にしなかった。あえて語るのを

やめたというのではなくて、自分が生きていくので精一杯、いつまでもくよくよしている暇はないという感じであった。その証拠に、母は私の帰り際に「正一、『平家物語』を暗唱したいから今度くるときに平家物語の本を持ってきておくれ。全部、暗唱することに挑戦したいんだ」と頼むのだ。この夏の暑さの中に取り残されても、私だけはボケずに生きてやるという母の逞《たくま》しさを感じた。

母には姉弟の死を悲しんでいる暇なんかない。右腕、右足のマヒが少しずつ進んできて、今や手押し車でトイレに行くまで二十分かかるのだが、「これがみどりさん、これがみどりさん」とつぶやきながら手押し車を必死に押している。伯母さんの葬式の帰り、母に報告をしようと家に寄って「おふくろ、伯母さんの死に顔……」と言いかけると、母は私の言葉を遮るように「暑いねぇ」と言い、「正一、平家物語の本持ってきてくれたかい」と言うのだ。「ごめん、忘れた」と言うと、「早く持ってきておくれ。平家物語を暗唱するって決めたのを忘れてしまうのが恐いから、今度くるときは絶対に持ってきておくれよ！」と、ますます悲しんでいる暇がないねじめみどりさんなのであった。

ナンセンスのセンス

私がねじめ民芸店の二階で仕事をしていたら、店のアルバイト嬢が「正一さん、ヘンな客がきているので、急いで店にきてください。奥さんが対応しているのですが、ヘンな客が怒鳴り始めたんです」と泣きそうな顔つきで入ってくる。

アルバイト嬢に泣きつかれては私も男のはしくれですから、いいところを見せなくてはと、階段を急いで下りて、ヘンな客の顔をわざと威嚇《いかく》するようにまじまじ見てやった。

ヘンな客は小太りの七十歳ぐらいのジイさんである。地元阿佐谷の人らしくジーパン、白ワイシャツにサンダル履きである。気の長いオクサンもこのヘンな客には対応しきれなくなって、私にSOSを出してきたのである。

そしてそのヘンな客とオクサンの間に割り込んで、大きな声で「何でしょうか」と言うと、オクサンはほっとした顔つきになってすうっと店の奥に引っ込んでいった。

「あの。あなたはこの店のご主人ですか。さっきからあの女性にこの店にはナンセンスはないのかと何度も聞いているのに、わからないの一点ばりなんですよ。それが気に入らないです。ナンセンスは誰でも知ってますよ」と言う。ナンセンス！　なっ、なっ、なんだ、このジイさん！　学生運動で「ナンセンス」と叫んだことはあっても商品でナンセンスとはなんのこっちゃ！

「お客さん、すいません。ナンセンスとは何でしょうか」

「え！　あなたも私のナンセンスを知らないのか。日本中のみんなが知ってますよ」

「そうですか。そんなに有名なものなんですか」

「有名ですよ。つい最近までどこの民芸品屋でも雑貨屋でもナンセンスは売ってましたよ。私が学生時代早慶戦を応援しにいったときに発明したんです。このナンセンスで応援したら、周りにいる連中がみんな感激して、次の日から、このナンセンスを持って応援しにきたんだ。ナンセンスを知らないかな。思いだしてくださいよ。あなたの年齢ならばナンセンスを見たことがあると思うんですが。ナンセンスは日本中で流行《はや》ったんですよ」

「いやーお客さん、すいません。私もナンセンスを知らないんですが」

「さっき、あの店の奥にいる女性にナンセンスの説明をしたんだけど、まったくわからないんだ。だんだん腹が立ってきたんですよ。これからナンセンスを作るので、水の入ったバケツを持ってきてください。それとそこに売っている扇子を二本買いますから」

私は空《から》のバケツを持って、二階でバケツの中に水を入れて、店に下りてくると、そのヘンな客はバケツの水の中に、買った扇子を二本放り込み、バケツの前にしゃがみこんで、扇子の骨から紙を一枚一枚丁寧に剝がし取っていくではないか。ああ！　高い扇子をそんなふうにしてしまったら、使いものにならないじゃないかとヒヤヒヤしている私を尻目に、ヘンな客は懸命に剝がし取っている。

もう、これは、我は扇子なりと言わんばかりである。扇子の紙を剝がし終わると、もう一本の扇子の紙を剝がしにかかった。ヘンな客はすでに真剣さを越えている。

あっという間に紙を剝がして骨だけにしてしまって、ヘンな客は骨だらけの二本の扇子を開いて「これがナンセンスなんです」と私の目の前に持ってきた。

「ああ、これですか。よく冗談で扇子の紙だけ取ってナンセンスってやってますよね。あれですか」

「ご主人、そうなんですよ。あのギャグを一番最初にやったのがこの私なんです。神宮球場で早慶戦の応援をしながらやったんですよ」

ヘンな客は最初の腹立ちはどこかへいって、ご機嫌である。自分のナンセンスが証明できて喜びに声が上ずっている。

「ご主人、扇子は二本で、おいくらですか」

「ちょうど三千円です」

「バケツの水代も遠慮なく取ってください」

「とんでもないです」

「今日はいい日だった。私のナンセンスが復活した日なんだ。ご主人、こっちの上手に紙を剝がせたほうをいりませんか。記念に取っておいてくださいよ。価値が出ますよ」

「いやいや、お買い上げくださったものを頂くわけにはいきません」

「そうですか。残念だな。ご主人ならばナンセンスにぴったりなんだがなあ」

ヘンな客は紙のない骨だけの扇子を右手と左手に一本ずつ持って、さあっとナンセンスを開いて、ねじめ民芸店から出て行き、道ゆく人たちの目を意識しながら、ナンセンスを煽いで見せながら阿佐ヶ谷駅のほうにナンセンスナンセンスとつぶやき歩いて行った。

オクサンはナンセンス男のナンセンスがいまひとつ理解できず呆気《あっけ》にとられた顔でつっ立っているが、ナンセンス男のホントかウソかを越えた熱にあてられて、仕事場に戻ってもくたくたになっているねじめである。

私の気の長さも

病気の母親と三日に一度、顔を合わせているうちに、母のゆったりした生活のリズムに私も気が長くなったらしい。某テレビ番組に録画出演することになり、クルーがわが家へきてインタビューを受けていたら、外から拡声器の大音響が聞こえてきた。

「ご家庭でご不用になりましたテレビ、ビデオデッキ、パソコン、バイク、何でもお引き取りいたします。壊れていても構いません。動かなくても構いません。お気軽にお声をおかけください」

皆様ご存じの廃品回収車である。いったんインタビューを中止して軽トラックが通り過ぎるのを待っていたら、軽トラックはわざわざうちの前に車を止め、さらにボリュームアップして「ご家庭で……」とやり始めるではないか。

今までの私ならば堪忍袋の緒が切れて、玄関から外に飛び出して、軽トラックの運転手に「うるさいよ。今録音中なので、どこかへ行けよ」と文句をつけるところなのだが、こういう失礼な運転手はどんな顔をしているか見たくなっている。ふだんは顔などは見る気も起こらないのだが、まじまじと見てやった。色の浅黒くて喧嘩の強そうな男だ。

「すいません。前の家なんですが、今、録音中なので、先に行ってもらえますか」

軽トラックが角を曲がるのを見送り、二階のリビングへ戻って、もう一度気を取り直してインタビューを開始したら、三分たつかたたないうちにまたまた拡声器の声が「ご家庭で……」とびんびん聞こえてくるではないか！　これもいつもだと、喧嘩を売っているのではないかと、喧嘩を買ってやろうと、玄関から飛び出して取っ組み合いの喧嘩になりかねないのだが、そこはぐっと堪えて、「すいません。もうちょっとですので、車を止めないでください」と言うと「あ！　すいません」と車をスタートさせた。やっぱり喧嘩を売ろうとしていたのではなかった。

次は病気の母の介護に行かなければならない。クルーを送り出したその足で車に乗り込み、実家のそばまで行って母の家の前に通じる小道を通ろうとしたら、区の工事中の立て札が立っている。作業員に「この先の家の者なのですが」と言うと、「すいませんが、ここから先は行けませんので、ここに車を置いて行ってください。車はこちらのほうで見張っていますから」と言う。作業員がそう言うのだからと安心して車から降りたら、車を置かれた前の家の人がわざわざ外に出てきて、私の顔を見るなり舌打ちをするではないか。

こっちは作業員の言葉に従っただけだ。なのに、なぜ舌打ちされねばならないのか。ここでも本当はアタマにくるところなのだが、「ここは止めてはいけないのですか」と聞いたら、相手は無言で奥に引っ込んでしまった。

考えてみれば、工事であっても自分の家の前に車を置かれたら、胸クソ悪いに決まっている。私はコインパーキングに車を移動させた。ようやく実家に着いて母親と話していたら、ど、ど、どどどど、と轟音を立てて道路工事が始まった。震動はひどいし、母親の声も聞こえないほどである。しかしこれは区の工事だから……と我慢しながら三時間ほど実家で過ごして家に戻った。

これからが仕事の時間だ。さすがにちょいと疲れて、仕事場のそばにある行きつけの喫茶店に入った。コーヒーを頼み、読みかけの本を取り出し読んでいると、二十歳ぐらいの痩せた小娘が喫茶店に入ってきて、注文が終わるやいなや外にも出ずに席に座ったまま携帯電話で話しはじめた。でかい声だ。三十分を過ぎても話が終わらない。

その小娘に「いい加減にしろ」と直接言ってやろうと思ったのだが、行きつけの喫茶店なので事を荒立てては と思い直し、顔見知りのウエイトレスに「あの電話ひどいよ。そろそろ注意したほうがいいよ」と言うと、そのウエイトレスはもぞもぞしていたが、決死の覚悟で携帯電話女に「すいません。お客様が迷惑しますので、携帯電話はやめてください」と注意したら、小娘は返事もせずに立ち上がってお金を払って出て行ってしまった。ウエイトレスを「よくやったぞ!」と心の中で誉めてやった。

喫茶店から仕事場に行って、四時間ほどパソコンに向かって仕事をして、夜十時過ぎにやっと仕事を終え、家に帰るために商店街を抜けて歩いていたら、商店街の入口あたりにここ半年で急に増えたガールズバー、キャバクラの客引きがうろうろしている。

「今だったら二千円でお安くなっていますよ。いかがですか」

毎夜すれ違うたびに、同じ男たちが同じセリフを言う。狭い商店街に十人ほどの客引きたちが売り上げのために必死になっているので可哀そうに見えてくるのだが、商店街から商店が減って貸しビルが増えたおかげで、商店街の雰囲気がすっかり悪くなってしまった。このことだけは母親のおかげで気が長くなった私でも許せない。貸しビルのオーナーよ！　商店街のことをもっと考えろ！

俳句の家

母の俳句歴は長い。

昭和五十一年に父が脳溢血で倒れてから父に俳句を習ったと言っているが、私が見ていた限りでは昭和四十年代頃、母はすでに俳句を作っていて、「正一、この句どうだろう」と聞かれた記憶がある。

私は母の句の中でいちばんいいと思うのは父が亡くなる寸前の平成九年の句である。

吸痰器獲物引くごと秋の夜
風花とききつつ夫の眠り入る
病人の障子見つむる冬日射す
大寒や生きる生かさる紙一重
病院の微かな誇りチューリップ
年の暮灯りを多く介護かな

六句並べてみたが、緊張感のある句である。

深夜、父は痰が喉に絡んで、そのたびに母は起こされて、父の痰を吸痰器で取っていた。

そういう意味で、母の句は父と同じように半径五メートル以内のことをしっかり見つめている句である。

だが、母は自分の俳句が好きではなかった。

いや、父の句も心底認めていたわけではなかった。母は、父の句も自分の句もまじめさに縛られて言葉が飛んでいないことに気がついていた。母の口癖は「ああ、どうして私の俳句って言葉が飛ばないのでしょう。もっと飛ばしたいわ。その点、正一の句は飛んでいるわ。でも、正一の場合は言葉は飛んでいるんだけど、俳句の出来不出来が激しすぎるのよ」と、最後はケチをつけるので、私はムカックのである。

そんな母親をどうしてもぎゃふんと言わせたいと思って、私の入っている句会（点々句会）で「満月を四つに畳んで持ち帰る」という俳句ができたときに、それこそ母が言うように言葉が飛んだと確信したのだ。

私はいつものように母の家へいって、母の体の調子を見ながら冗談を言ったり、世間話をしている間に滑り込ませるように「満月を四つに畳んで持ち帰る」という俳句を母に見せたら、母はお腹を抱えて笑いだしたのであった。私は嬉しくなって、もう一句「ちょん髷を咲かせてみたし豆の花」を母に見せたら「いいねぇ。面白いねぇ」とまた腹を抱えて笑いだしたのだ。

正直言って、私はこんなに自分の作った句が母に受けるとは思っていなかった。母は「正一すごい。私もお父さんも正一に間違いなく抜かれたね。ここへきて間違いなく腕を上げたね」と言うのであった。私は嬉しくなった。俳句を誉められたのが嬉しいのではなく、母が大笑いして、脳が活性化したことが嬉しかったのだ。母が手押し車でゆっくり時間をかけてトイレにいっても、思い出し笑いよろしく笑い声が聞こえてきた。

そうだ。私は決めたのだ。今までの私は俳句で人を驚かせてやろうという欲もなかったし、句集を出そうなどという野心もなかったし、俳句仲間と一ヵ月に一度、俳句をダシにして、わいわいがやがやと冗談を言い合っているだけでよかったのだが、これからは私の作る俳句は、母親を笑わすためだと決めた。

そもそも今まで俳句を続けてきたのだって、俳句仲間におだてられ、励まされてやってきたのである。仲間がいなければ、とっくに俳句とおさらばしていたにちがいないのだが、その俳句仲間の句会でひょうたんから駒である。母が腹を抱えて笑う句が突然に生まれて、私の俳句の目標は母を笑わすことになったのだ。私の句は母が笑えばそれでいいのである。

そんなことから、私が母の家に出かけるのは、俳句を作って母を大笑いさせるためも含まれてきた。母のマヒの進行を遅れさせるためにも笑いは大事である。母が腹を抱えて、五分でも十分でも大笑いすれば、母の体にいいに決まっているではないか。

私の中の表現優先順位のトップに俳句が躍り込んできた。毎日、母親が大笑いする句を二つ作ることが何よりも私の仕事である。

だが、母を笑わせる俳句を作るのは思ったよりもはるかに難しかった。「よし、これで出来たぞ！」と思って、母の家に張り切っていってもまったく笑いが取れないこともある。

それでも諦めずに次に母の家にいったときに挽回の句を持っていき、母をアゴが外れんばかりに大笑いさせたときの喜びはかなり大きい。

ここ一年、母が大笑いしたベスト十句を紹介する。

日傘からカラダはみ出る午後三時
ちりちりと十一月の膀胱炎
冬空にピアノ飛ばしてお引っ越し
坂道にアイロンかけて夏の陣
ワニの目にぴたり貼りつく冬の星
炎天の象の尻尾は弱酸性

蜜豆の蜜に溶けてるグレーテル
電柱に「沈めてあげます」秋の暮れ
天高く直立不動のワニがいる
憧れの草間彌生とサンマ食う

母のジタバタライブ

友人の出版記念会にいったら、「毎回、『婦人公論』、読んでいますよ。ねじめさんは母親孝行なんですね」と見知らぬ女性から言われた。我が娘も浅草の飲み屋のママさんに「お父さんが書いている『婦人公論』いつも読んでいるけど、お父さんエライわね。いつもお母さんのところに行って。男が母親の家にあんなにしょっちゅうは行けないわよ」と言われたことを話してきた。

つまり、私は『婦人公論』で母親のことを書き始めてから孝行息子の太鼓判を押されたのだ。それも相当に大きな親孝行の判子《はんこ》である。だが、しかし、私は親孝行ではない。しかも、私の母も親孝行したくなるほどの母親ではない。若いころから自分勝手で、自分の気分を優先させて、わが身を犠牲にして子供を守ってきた母親ではない。唯我独尊、自己犠牲から程遠い人である。

ここで母のわがままのエピソードを披露する。若い頃、父が他の女性とつきあっているのが分かると、その女性の家にまで押しかけていって、その女性の母に会って、

「お宅の娘さんが私の主人といい仲になっております。うちの主人は金もない乾物屋でございます。別れる方がいいです。お母さんの方から勧めてください」

母は父のプライドも何も考えていない。その女性のプライドも考えていない。女性の親のプライドも考えていない。父とその女性を別れさせることしか考えていないのである。つきあっている女性の母に言いつければ問題はすべて解決すると確信している。何の疑いもない。それが恐ろしい。私は、父が他の女性とつきあっていたのも間違っているが、母の別れさせ方は父よりもっと間違っていると思った記憶がある。父のプライドはずたずたである。

そうなのだ。父のプライドをずたずたにして母は父の恋をひとつひとつ潰《つぶ》してきたのだ。

私の父は乾物屋の商売をちゃんとやらずに俳句に夢中になっていた。酒も飲んだ。毎日毎日べろんべろんに酔っぱらって、俳句を作っていた。父親が先頭切ってべろんべろんの酔っぱらいをやっているのに、母は父が飲みたくもない酒を飲まされていると思っていて、父が酔っぱらいたちを家に連れてくると、酔っぱらいたちを逆恨《さかうら》みして、イヤ味を言ったり、乱暴したりして、ここでも父親のプライドをずたずたにしたのである。

父親が亡くなったときに葬式で父親の友達が私のところにやってきて、母親に聞こえないように小さな声で「私が三十代の頃、お宅のお母さんに耳を殴られたことがあるんですが、今でも冬になると痛いのですよ」と言っていた。

母親はエキセントリックである。カッとすると見境がつかない。色が白くて太っているから、いかにも日本の肝っ玉母さんのように見えるがとんでもない。私の小さなころ、運動会にはきたことがないし、遠足にもついてきたことがない。イヤなものはイヤ。イヤなものを無理してやっていた姿は見たことがない。見せようとしたこともない。

とまれ、ここで二週間ほど前、母の家にいったときの話をする。母はゆっくり時間をかけて、手押し車でトイレから戻ってきたので、私が椅子に座らせて、みたらし団子を一緒に食べはじめたら、電話が鳴った。私が出ると、Aからの電話であった。Aは父と高円寺時代に仲が良くて、酒をよく一緒に飲んでいた人だ。父とは疎遠になっていて、それで父が亡くなったことを知らなくて、近所まで来ているので、線香を上げさせてくれと言うのであった。

母もAのことは知っていたので、そのことを伝えたら、母は渋々承知した。

しばらくすると、迷うことなくAがやってきた。仏壇の部屋に通すと、Aは正座してしっかり父に手を合わせた。Aは母と話がしたいらしく、ソファに座ったとたんに、

「ねじめさんとは仲が良くて良く遊びましたよ。ねじめさんはこっちのほうか好きで」

私と母の前で右の小指を立てたのだ。Aは素面《しらふ》だ。素面で小指を立てたのだ。母は露骨にイヤな顔をした。Aは母にも私にも頓着せずに
「ねじめさんが女と別れるときに手切れ金を私が持っていったんですよ。それも一度や二度じゃないですよ」と言った。とたんに母親はろれつの回らない喋りで「早く帰れ」と怒鳴った。

「お前は金が欲しいのか。昔の主人の話をして私から金をゆすりたいのか」

私はAを家から押し出すと、西武線の最寄りの駅まで送っていく途中に訊いてみた。

「Aさん、うちのおふくろの性格を知っているんでしょう」

「よく知ってるよ」

「だったら、なぜ、あんなことを言うんですよ」

「実はね。あんたのおふくろさんにはイヤな思い出があって。私は小説家になりたかったんですよ。二百枚の小説をあんたのおやじさんに読んでもらいたくて乾物屋に持っていったら、おやじさんがいなくて、おふくろさんに渡していったのに、あんたのおふくろさん、私の書いた小説を勝手に捨てちまったんですよ。おやじさんに小説の感想を求めたら、そんな小説知らないって言うから、私は頭にきて、おふくろさんに聞いたら、うちの主人のことを小説に書いたつもりになっているけど、ぜんぜん違うから原稿捨てたと言うんですよ。それが今でも悔しくて。あんたが小説家になったのも腹が立ちました。そのうちきっちり片をつけたいと思って、今日やってきたんですが……」

Aは切符を買って、改札口を通って、私に振り向くこともなく新宿方面の電車に乗っていったが、後ろ姿が可哀そうであった。

私が急いで母の家に戻ると、母はソファから手押し車でベッドに移動して、眠っているのであった。母の寝顔を見ながら私は、母の体は衰えていても、八十六歳になっても、生きようとする自家発電力はまったく衰えていない、母の唯我独尊、自分勝手、大いに結構とつくづく感心した。

母の家に一週間に、必ず二、三度は行くが、一度も退屈したことがない。母がいきなり泣き出すのも、笑い出すのも、怒り出すのも、長生きしたいからである。長生きしたいからこそジタバタする。このジタバタ劇が私には刺激的であるし、こんなにジタバタしている母がどんな死を迎えるかも私は楽しみにしている。

この本はジュリーあり、宝塚あり、氷川きよしあり……イキアタリライブの連続であったが、結局のところ母のジタバタライブが紅白歌合戦よろしく大トリで締めくくることになりそうだ。

母の力

母の家の玄関を開けて入ると、襖の向こうからテレビのデカイ音が聴こえてくる。耳の遠い母にはこれがふつうの音である。

襖を開けて入ると、母はテレビを見ずに椅子に座って、こっくりこっくり居眠りしている。昼間の一時に居眠りしているのはめずらしい。起こすのも悪いと思って、私はソファに座る。十五分ほどすると、母は目を覚まし、ちょっとろれつの回らない喋り方で「あ、正一、きていたんだ」と言った。

「おふくろ、眠そうだね。夜眠れなかったの」

「そうなんだよ。枕の位置がわかんなくなっちゃって。明け方まで眠れなくて苦労しちゃった」

母は身体的に敏感である。ちょっとでも身体的な違和感があると、気になって気になって眠れない。パジャマのゴムや靴下や下着がちょっときつくてもダメである。弟の嫁さんが母のために買ってきてもぴったりこなければ身につけない。母はぴったり感覚でなければダメなのである。

「正一、ちょっと寝てくるわ」

母は椅子から立ちあがり、手押し車の左手の部分をゆっくりつかまえると、今度はマヒした右手をゆっくりゆっくり出して、手押し車につかまり、ゆっくり押し始めた。ゆっくりゆっくり進み、一息入れて、またゆっくりゆっくり進み、十五分ほどかかってやっとこさベッドにたどりついた。

次に母はベッドに腰掛けて、ベッドの柵につかまりながら枕めがけて頭を乗せにいくのだが、これがけっこう難しいのである。昨夜はこの枕に頭のちょうどいい部分が乗らず、面倒くさくなって、そのまま眠ろうとしたのだが、とうとう明け方まで眠れなかった。これほどに母の体は自由がきかない。

昨夜で懲《こ》りているので、ベッドの柵につかまりながら母は起き上がり、もう一度、枕めざして頭をゆっくり置きにいっても、やっぱりちょうどいい頭の場所が枕にぴったり乗らなくて、またやっとこさ起き上がる。母は枕を恨めしそうに睨みつけている。それでもベッドの柵につかまりながらゆっくり枕の方向に体を倒していったのだが、頭が枕の下の方にいって失敗した。

ベッドの柵につかまりながら身体を起こし、あまりにもつらそうな顔をしているので、

「おふくろ、オレが頭を持ってそのまま枕に乗せてあげるよ」と言うと、

「いいよ。自分でやるから」

母は私の言葉なんぞには耳を貸さずにゆっくりゆっくり身体を倒していくと、なんと今度は枕と頭の位置がぴったり合ったのである。

「正一、ぴったりだよ。これで眠れるよ」と母が喜びながら言ったと

たん、一分もしないうちにグーグー眠っているのだ。このぴったり感覚には驚かされた。

一時間ほどすると目を覚ましたので、私がベッドにいくと、母は寝起きのときがいちばん体がつらそうで、力も何も入らなくて、あれだけ強気の母も「正一悪いけど、ちょっと寒いので、カーディガンを持ってきてくれるかい」と言う。母はベッドの柵につかまり座っていても、体が右に傾いていていてベッドに転がりそうだ。いや、まだ目が覚めずに半分眠っているように見える。

母はカーディガンを着るのにも時間がかかってつらそうなので、私が着せてあげようと手を差し伸べると、「悪いねぇ」と素直に受け入れた。私が母のマヒした右手を取ってカーディガンの袖に通してから、左手をカーディガンの袖に通し、もたついているカーディガンをひっぱってきちっとして、ひとつひとつボタンをかけ終わったとたんに、母は眠気から正気に戻ったように「正一、カーディガンを脱がしておくれ」と言うのだ。

慣れない私が苦心してやっと着せたカーディガンを、着せ終わったとたんに脱がせろと言うのだ。私は一瞬、母の態度にむかつくが、そこは抑えて母の言う通り脱がすことにした。

母は「正一、怒らないでおくれ。一回でもカーディガンを着るのを手伝ってもらうと、もう着られなくなってしまうのではないかという気持ちになってくるんだ。だから、自分で着直すよ」とマヒした右手の方からカーディガンの袖にやっとこさ通すと、今度は左手をカーディガンの袖に通して、ひとつひとつボタンをかけ終わる。二十分以上かかった。母は一度でも自分がふだんやっていることをさぼると、二度とできなくなってしまうという不安に駆られるのだ。

母は自分がやれることは自分でやるという姿勢を崩したくない。時間がいくらかかってもかまわないから、自分がやれることを自分でやることが命を絶やさない方法だと固く信じている。

母は長生きしたいのだ。

死んでしまったらおわりという感覚が強いのである。死んでしまったら、家族の顔も見られなくなるし、俳句も作れなくなるし、世間のことも分からなくなるし、父の悪口も言えなくなる。あの世のことなんぞにまったく興味がない。逆にあの世に興味がないことが暴発をまねいて、「死にたくない、死にたくない」と母は泣いたり喚《わめ》いたりすることもある。だが、これも母と二人だけで過ごす時間の中で発見したことである。

金木犀の匂い

ここ数日、ストンと秋らしくなった。母の住む実家の近くのコインパーキングに車を止めて住宅街を歩いていると、塀の向こうの庭木も少し色づいてきてあの夏の暑さが嘘のようだ。

実家の手前の角を曲がると、むせかえるような金木犀《きんもくせい》の匂いがしてきた。その匂いを嗅いだらふいに秋に急《せ》かされる気分になって、早足で母の家まで行き、玄関の鍵穴に鍵を差し込もうとしてもガチャガチャいうばかりで入らない。やっとこさ鍵を差し込んで廻し、ドアを開けると、テレビの音がまったく聴こえない。耳の遠い母はいつもテレビのボリュームいっぱいに上げて大音量で観ているのに、その音がしないのだ。

不思議に思いながら茶の間へ上がると、母の姿がない。ベッドで横になっているかと思って襖を開け、ベッドを覗いてみてもやっぱり母の姿がない。台所のテーブルにもいない。どこにいるのかと狭い家の中をウロウロしたら、トイレの前に母親の歩行用手押し車が置いてあるではないか。ほっとした。母はトイレなのだ。私は茶の間に戻った。

だがしかし、十分経っても母はトイレから出てこない。十五分経っても出てこない。隣家の庭に面した窓から、ふわりと金木犀の匂いが入り込んでくる。急かされる思いが湧いてくる。トイレの前に行き、

「おふくろ、大丈夫？」と呼んでみたが、母の返事はない。

気持ちがだんだんあせってきて、「おふくろ、正一です。大丈夫？」とさっきよりも大きな声で呼びかけてもまったく返事がない。これはもう、亡くなった父と同じようにトイレの中で脳溢血で倒れていると思ったら、私の足はすくんで、気持ちは動転して、ありったけの声を絞って「おふくろ、大丈夫？　大丈夫？」と叫びながら、母が中で倒れていたらまず救急車を呼ばなければいけないし、弟にも連絡しなければいけないし、狭いトイレの中で母親を抱え上げねばいけないから、抱え方としてはどういうふうにすればいいだろうと、頭の中で次から次へと手順をシミュレーションして、というと聞こえはいいが、ようするにいろんな考えが頭の中をぐるぐる回っているだけなのだ。

もうすっかり母は脳溢血で倒れていると決めて、思いきってトイレの戸を開けると、中はもぬけの殻ではないか。

母親は右脚がマヒしていて、しかもトイレの前に手押し車があるのだから、外に出かけるわけがないし、まさかこの時間から風呂に入っているわけがないと思うのだが、まさかのまさかである。念のため風呂場を開けて覗き込むが、母の姿はここにもまったくない、ない、ないない。

冷静にならなければ！　動転する気持ちを落ちつかせるために深呼吸する。困ったときの深呼吸である。ピンチのときの深呼吸である。ゆっくり大きく息を吐いては吸うのを繰り返すうちに、二世帯住宅の上に住んでいる弟が今日は仕事が休みであることを思い出した。私は弟の携帯に電話をした。

「おふくろがどこにもいないんだけど。一緒？」

私が訊ねると、弟はそうだと答えた。

「今日はいい天気だったので、おふくろを連れて青梅街道沿いの大きなスーパーにきているんだ。あと一時間ほどしたら戻るから心配しないで」

心配しないでと言われても、こっちはさんざん心配したあとである。

「出かけるときはメモかなんか置いといてくれよ。オレがくることわかっていたんだろう。焦ったよ」

文句を言って電話を切った。とりあえずおふくろの安否は確認できたが、動転が尾を引いてなかなかほっとした気持ちになれない。私の血圧は間違いなく上がっている。おふくろがいつも座っている椅子に座って目を閉じているとだんだん気持ちが落ちついてきた。もう一度大きく深呼吸して目を開けたら、テーブルの上のノートに気がついた。ノートにはマヒした母の右手で書かれた俳句があった。

ラ・フランス熟するまでは忘れましょう

目を凝らして何度も読んでみて、やっと読めるほど母の字は震えている。震えてはいるがいい句である。息子の贔屓目かもしれないが、この母の句はいい。「忘れましょう」に捻《ひね》りがあっていい。大仰なところがなくて、気張らずにさらっと書いているところがいい。ラ・フランスの優雅さとエキゾチックさがあって、ぽってりとした大らかさがあって、焦らずに時間を楽しみましょうという、母のさりげないメッセージがあるように思われた。

戸締まりをして実家を出た。夕方が近いせいか、路地の金木犀の匂いがさらに濃く、押しつけがましくなっていた。私は大股でコインパーキングに向かって歩いた。金木犀の匂いは人をせっぱ詰まった気持ちにさせる。母のラ・フランスの句の「忘れましょう」は、この金木犀の匂いに対抗して出てきた言葉なのかもしれないと、何となく思った。

解説

北尾トロ

昭和の終わりか平成の始めのころ、阿佐ヶ谷の喫茶店で何度かねじめさんを見かけたことがある。

「あ、ねじめ正一だ」と思った。人は著名人を発見したとき咄嗟にフルネームの呼び捨てで存在を確認する。面識もないのに「あ、ねじめさんだ」とは思わない。ぼくはいまだに、ねじめさんのことは本の中でしか知らないから、本書が単行本で出たときにも「ねじめ正一の新刊が出た」と手にしたのだが、文庫版の解説を書かせていただくことになり、勝手に少し距離を縮めて、ねじめさんと書かせてもらうことにする。

ねじめさんは喫茶店で編集者らしき人と打合せをしていたり、ゲラに目を通していたりしていた。ちょっと店番を抜けてきたという感じの普段着で、全然気取っていなかった。考えてみれば地元の喫茶店に入るのに気取る必要もないわけだが、当時はバブル時代で、皆やたらと気取った格好をしていたため、ねじめさんの普段着は新鮮にうつったのだ。

ぼくは三十歳を超えたところで、駆け出しのライターだった。十歳年長のねじめさんは四十歳を過ぎたあたりということになる。『高円寺純情商店街』がベストセラーになって、世間のねじめさんを見る目が〝わけのわからない詩を書く人〟から〝おもしろい小説を書く人〟に変化したころだ。わけがわからないと思っていたのは、おもしろいということだったのかと、世間がねじめさんの〝読み方〟をつかんだ時期とも言えるだろう。

その後もねじめさんは小説を中心に新作をどんどん発表していく。ぼくは住んでいた阿佐ヶ谷を離れ、やがて結婚し、父親になった。二十年以上が経過し、姿を見かけた喫茶店もいまはない。しかし、記憶とはしぶといもので、ねじめさんの本を読むときに蘇るのは阿佐ヶ谷の喫茶店であり、四十代初頭の普段着姿だ。

でも問題はない。ぼくの好きな、何かムキダシな感じがそのままだからだ。ことばが厚化粧をしないでスッと出てくる。というか、ほとんどスッピンだ。そりゃ、持ち出される話題は変わる。ねじめさんは還暦を越えたのだ。本書はエッセイ集なので、そのあたりは露骨。しかし、こっちだって五十代になっているので十分について行ける。そして、六十代になったねじめさんが持ち出す話題は、家族のことが前面に出てきて、いよいよムキダシ感を強めている。軽妙で読みやすいのだけれど、油断していると急に感情を揺さぶられてしまう。

何度も笑ったなあ。内容がおかしいというのもあるけれど、ねじめさんの真剣さが過剰なために、思わぬところで笑いが誘発されるのだ。〈還暦ジュリー、沢田研二がドームコンサートを開くと知ったのは去年の六月末である。スポーツ紙でその記事を見たとき、私はジュリーがついに本気になった、と思った〉(団塊の星)

記事を読み込みながら、カラダと気持ちが前のめりになって行く。ねじめさんも本気になり、ジュリーを見に行く。そこで繰り返し描かれるのは、一曲歌い終えるごとにジュリーが発する聴衆への感謝のことばだ。

〈ありがとう、サンキュー、ありがとうね〉

80曲を歌い切ろうとする男が、だらだら喋って時間稼ぎをすることなく、たったひとこと礼を言って次の曲に移る。その凄みが凝縮されたことばには誠意がこもっている。それを何度も書きつけるうち、ねじめさんが「ありがとう、ジュリー、ありがとうね」と叫んでいるように読めてくる。ジュリーが真剣ならねじめさんも真剣なのだ。そして、読者であるぼくもいつしか真剣に笑っている。

氷川きよしの項は出だしで吹きだした。鰹節のにんべんについて語った「老舗の匂い」を楽しく読み終え、ページをめくるといきなりこうだ。

〈演歌歌手、氷川きよしがすごい人気だという〉（男の母性本能）

笑わせようなんて全然考えてない文章だと思う。でも、こっちはジュリーをすでに読んでいる。ねじめさん、氷川きよしも行くかぁと先走りするわけだ。で、人気を支える団塊世代レポートになるのかと思いきや、ムキダシの観察力を発揮しつつ歌唱に聴き入るのである。

だが、本書の読みどころは家族のことだろう。亡き父やオクサン、娘や息子も登場するが、八十代半ばになった母親とのやりとりが味わい深い。

足腰が弱り、視力も衰え、施設に入るほどではないものの介護を必要とする母・みどりと、それを気遣ってせっせと実家に通う息子・正一。多くの〝息子〟同様、ねじめさんには介護の仕方がよくわからず、おろおろするばかりだ。

還暦を越えたといっても、親から見たらただの息子だ。遠慮も何もない。手仕事を手伝おうとすれば「やれることは自分でやるから」とピシャリ。床に倒れているのを起こそうとしたら「あんたは力ずくで起こそうとするから。逆にあとで痛くなるから」と救急車を呼ばされる。医者から肺に病がある可能性を示唆され、桜の木の前で乗車したタクシーを停める母に優しい声をかければ……。

「正一は、私が桜を見ているのに胸の影がどうのこうのって野暮な

男だね。みどりさんの最後に見る桜になるかもしれないのに」（母の夜桜）

リアルな場面だ。人は自分以外の気持ちがわからない。たとえ親子であっても、人はそれぞれに生きていて、知りえるのは断片だけだ。介護してあげている、なんてゴーマンな気持ちは通用しないし、おせっかいでしかないのだ。ではどうしたらいいのか。現状を受け入れることだと思う。

人間、カラダが不自由になると弱気になりそうなものだが、母・みどりはそうじゃない。長生きする気マンマンである。何事も人任せにしないことが信条なので、針に糸を通すのに一時間かけ、トイレに行くのに二十分かける。漂う時間は恐ろしくスローテンポだ。戸惑う息

子・正一だが、だんだんとそのテンポを好ましいものに感じるように
なっていく。老いを受け入れるのは本人だけではないのだ。家族も一
緒にトイレ二十分を受け入れるのである。いったん着せてあげた服を
脱がせてくれと頼まれ、自力で着替える姿を見つめるのである。なぜ
それが平気になるのか。親子だからだ。大好きなんだ、ねじめさんは
母のことが。かくして、母の着替えを還暦の息子が見守る、大変だけ
どユーモラスな光景が生まれる。

当然だが、本書にはボランティアなどということばは出てこない。
親の介護は仕事でもなければ活動でもない。自分もいずれは子どもた
ちの世話になるのだからといったギブ＆テイクの記述も一切ない。そ
ういう打算は排除され、語られるのは親と自分の関係に絞り込まれて

いる。

ただ心配だからそばにいる。たいしたことはできなくとも顔を出せば安心してくれるのではと考える。そばにいるから会話が始まる。知らなかったことを知り、思い出を振り返り、一緒に「いま」を生きる。テンポは遅いが長生きしたい母・みどりが相手だから、ねじめさんもかつて過ごしたことのない時間を生きることになる。

日常は淡々としている。ざっくり一言でまとめたら「介護をしていた」ことになるかもしれないが、ざっくりまとめる必要はないし、そこで起こる小さなエピソードのなかに、人の心を打つ鍵が潜んでいたりする。そこを見逃さず正面から書くねじめさんはブルースマンのようだ。本物のブルースマンは、お涙頂戴の安っぽさを知っているから明るいのだ。

本書には、ねじめさんが趣味とする俳句のことがたびたび出てくる。友人たちとの交友、オクサンとのやり取り、父の思い出。母・みどりも俳句をたしなみ、息子にとって厳しい批評家でもある。ねじめさんは俳句を楽しみでやっていて、これで名を上げようなどとは考えていない。あくまで趣味。俳句そのものより、句会をどう盛り上げるかに腐心するタイプだと言い切る。

が、終盤に差し掛かるとともに、俳句はべつの意味を持ち始める。母・みどりと息子・正一の間にあった距離がぐっと狭まる場面で、意のままに空高く放り投げたお手玉が手元にすっと戻ってくるように、息子の句が母の気持ちを和ませるのだ。そのとき、ねじめさんは自分が俳句を作る目的を初めてつかむ。本書は隔週誌に連載されたエッセイが元になっているのだから、計算されてそうなったわけではないだろう。だから、より一層、読者をハッとさせるのかもしれない。

エッセイ集はどこからでも読めるが、本書については最初から読んでいくのをおすすめしたい。親が健在ならなおさらである。

ぼくは単行本を読んだ後、九州の実家に電話をかけた。今回、再読した後も同じようにした。どうしてそうなってしまったか、この本を読み終えた人ならわかってくれるはずだ。

（ライター）

本書は、株式会社中央公論新社のご厚意により、中公文庫『おふくろ八十六、おれ還暦』を底本といたしました。

著者紹介

ねじめ正一《しょういち》

一九四八年東京都生まれ。青山学院大学経済学部中退。父は俳人のねじめ正也。阿佐谷パール商店街で「ねじめ民芸店」を営む。八一年、詩集『ふ』で第三一回H氏賞を、八九年、小説『高円寺純情商店街』で第一〇一回直木賞を、二〇〇八年、小説『荒地の恋』で第三回中央公論文芸賞を、〇九年、小説『商人』で第三回舟橋聖一文学賞を受賞。小説に『長嶋少年』、エッセイに『ぼくらの言葉塾』ほか著者多数。

おふくろ八十六、おれ還暦

（大活字本シリーズ）

2023年5月20日発行（限定部数700部）

底　本　中公文庫『おふくろ八十六、おれ還暦』

定　価　（本体3,200円＋税）

著　者　ねじめ正一

発行者　並木　則康

発行所　社会福祉法人 埼玉福祉会

埼玉県新座市堀ノ内3―7―31　〒352―0023

電話　048―481―2181

振替　00160―3―24404

印刷製本所　社会福祉法人 埼玉福祉会 印刷事業部

© Shoichi Nejime 2023, Printed in Japan

ISBN 978-4-86596-588-9